別れさせ屋の純情

別れさせ屋の純情

石原ひな子

ILLUSTRATION
青井 秋

CONTENTS

別れさせ屋の純情

別れさせ屋の純情

夏真っ盛り、エアコンの利いた部屋の中にいても、射し込んでくる日差しが当たると肌が痛い、昼下がりの出来事だ。

還暦を迎えているだろう女性が、高比良渉（たかひらわたる）の勤める日比野（ひびの）サポーターズにやってきた。渉の職場は、わかりやすく言えば『便利屋』だ。

相談は基本的に予約制だが、時々、彼女のように飛び込みでやってくる人がいる。たまたま応接室が空いていたので、渉は女性を案内した。

「冷房、利きすぎていませんか？　寒かったり暑かったりしたらいつでもおっしゃってください」

お茶を出し、応接セットのテーブルを挟んで向かいに座った渉に、女性は申し訳なさそうに言った。

「ありがとうございます。突然来てしまって申し訳ありません。予約が必要だったのかしら」

女性はレースのハンカチで汗を拭（ぬぐ）った。

「いえ、大丈夫ですよ。相談が重複してしまったときは予約されている方が優先ですが、今みたいになにもなければご相談に乗れますので」

「ならよかったわ。居ても立ってもいられなくて来てしまったの。わたくし、一条絹代（いちじょうきぬよ）と申します」

一条の表情は硬く、なにか思い詰めているように感じた。

渉は名刺を渡しながら、さりげなく一条を観察する。仕立てのいいワンピースや、指輪やバッグなどの小物、身なりや話し方を見て判断すれば、一条はある程度お金に余裕のあるご婦人だ。

一条は便利屋という一見怪しげな集団など、今まで縁がなかったのだろう。緊張しているのか、なかなか話を切り出せないようなので、渉のほうから尋ねた。

「どういったご相談でしょう。依頼をするしないはあとで決めていただけます。ご依頼されなかったとしても、もちろん秘密は厳守いたしますので、安心してお話しいただければと思います」

「……その」

一条は一瞬、言葉に詰まった。

「……息子と恋人を、別れさせてほしいんです」

言いにくそうに告げたあと、一条は、じつは、と言ってバッグからA４サイズの封筒を取り出した。テーブルに置かれた封筒の表には、近所の探偵事務所の社名がプリントされている。その事務所と日比野サポーターズとは所長同士が知り合いで、時々、あちらで受け付けていない依頼を紹介してくれたり、こちらでできない仕事をあちらに回したりしている。

書類に目を通して最初に気づいたのは、渉の想像していたとおり、一条家は日本でも有名な企業の経営者だったということだ。

「昔から、といえばそうなんですけど、息子の素行に少々問題があるように感じていて、探偵事務所に調査していただいたんです。それで、結果をいただいてショックを受けてしまって……。どうにか別れさせられないかと相談したら、こちらの事務所をご紹介いただいたんです。結果を受け取って、そのまま来てしまいましたの」

語尾が震えた一条から、動揺と怒りが伝わってくる。

一条は息子の恋人がよほどお気に召さなかったようだ。一条家ほどの家庭の場合、結婚相手には素行調査が入るのだろう。つまり、息子の彼女の家柄や職業、学歴といったなにかしらに、一条家にとって不都合な点があったということか。または人妻だったとか？

渉は頭の中で、プロファイリングしていく。

恋人と別れさせてほしい、というのはよくある依頼だが、渉は工作に当たったことがない。いや、させてもらえない、と言ったほうが正しいか。

「相談だけではなくて、依頼したいと思っております」

「それでしたら、女性のスタッフを呼んできますね」

「女性の方？」

腰を上げかけた渉に、一条が不思議そうな顔をした。別れさせ工作の方法を知らないようなので、渉は簡単に説明する。

「ええ。息子さんにうちのスタッフが近づいて、息子さんの気を引いて相手の方と別れさせるんです。依頼もご検討されているとのことですので、相談の段階から女性スタッフのほうがいいかと思います」

「……あぁ、そういうことでしたの」

一条の表情が曇った。

なにかまずいことを言ってしまったのだろうか、と渉は不安になる。

「でしたら、男性スタッフで構いませんわ」

一条は中に残っていた写真を封筒から取り出し、渉に向けてテーブルに置いた。息子の名は義弥(よしや)。三十代半(なか)ばだろうか。一条の面影がある、育ちのよさそうな美男子だった。これだけ容姿が整っているのであれば、さぞや女性にモテるに違いない。

「息子の恋人は、その、……男性なんです」

「え？」

渉は思わず聞き返してしまった。渉がここで働くようになってから六年の間に、同性愛者の別れさせ工作の話を聞いたことがなかったのだ。

渉の反応を見て苦虫を嚙(か)み潰したような表情になった一条に、慌てて謝罪する。

「す、すみません。驚いてしまって、つい……」

「いいんです。高比良さんの反応が普通なんですから。わたくしも、息子がそうだなんていまだに信じられませんもの。育て方が間違っていたのかしら。……いえ、息子はきっと病気なのよ」

一条は「普通ではない」息子を、どうしても受け入れられないようだ。ハンカチを握りしめる手が、わなわなと震えている。

渉が思わず聞き直してしまったのは、一条に伝えたとおり単純に驚いたからであり、同性愛者に嫌悪したからではない。と反論したかったが、ここで彼女を説得しても意味がない。

同性愛者の気を引くためのノウハウを持っているスタッフなどいないだろう。難しい事案の場合は、まず、トップに話を持っていくのがこの会社の決まりだ。

渉が日比野を呼びに行くと、彼はデスクに足を乗せ、暇そうに漫画雑誌を読んでいた。

「日比野さん、ちょっとお時間いいですか？」

「お時間はよくありません。俺は忙しいんだよ」

日比野は誌面に視線を落としたまま言った。渉はそれを無視して簡単に事情を説明したが、即却下された。ゲイの関心を引くなんて無理だ、という日比野の気持ちは渉も理解できなくないが、所長がそれでは困る。

「どうせ漫画読んでるだけなんですから、とりあえず相談ぐらいは聞いてくださいよ」

渉は渋る日比野を応接室まで引っ張っていく。

「どうも。所長の日比野です」

眠そうな顔で挨拶をして渉の隣に腰を下ろした日比野に、一条は不安げな表情を見せた。

やる気がなさそうに見えるが、仕事はきっちりやる男だ。と、いくら口で説明したところで、Tシャツにジーンズにオヤジサンダルの日比野では、説得力はないけれど。

涉は気を取り直し、日比野が持ってきたパソコンを開いた。司会的な役割でもって日比野にこれまでの一条とのやり取りを説明し、一条には過去の失敗例などを隠さずに伝えた。

「で、こちらが一条さんの息子さんです。相手の方の写真はありますか？」

「相手は息子の仕事のパートナーの、橘清志郎という男です」

「清志郎……？」

相手の名前につい反応してしまった涉に、一条が眉をひそめる。

「なにか？」

「いえ、なんでもありません。失礼しました。それで、その橘と息子さんの関係ですが……」

——名前ぐらいでいちいち反応するな。

涉は心の中で自分を叱って、一条に先を促す。

「息子とは大学の同級生だそうですけど、二人が会社を設立するまで、わたくしは彼の存在を知りませんでした。息子は友人を家に連れてくる子ではなかったし、橘さんに限らず、息子の交友関係はよくわかりませんの。橘さんとはその後、何度かお会いしたことがあるので、写真はお願いしていません。息子をたぶらかした男の顔なんて見たくもないわ」

ただ、と言って、一条は写真の束から数枚抜き取った。男二人がスツールに座り、身を寄せ合っている写真だ。背中を向けているが、一条によると、義弥と橘だそうだ。そしてもう一枚は、義弥と橘の、今にもキスをしそうな様子が写っている。探偵がタイミングを逃したのか、決定的なシーンはないものの、かなりの親密具合であることはうかがえる。ただ、これだけの証拠で息子を同性愛者だと断定するには少し弱い気がする。

「飲み会などで、酔っぱらってつい男とキスしてしまうなんてことは、たまにありますよね」

渉は同性愛者ではないけれど、病気だと言われた義弥を不憫に思い、フォローを入れた。

息子がゲイであることを受け入れたくない親の気持ちは充分に理解できるが、渉は義弥のような人たちのつらさも、少しだけだがわかるのだ。

「わたくしには男同士の友情などわかりませんが、高比良さんも酔った弾みで、というご経験があるなら、もしかしたらふざけてそうなったのかもしれません。でも、探偵事務所の方のお話によると、その店は新宿二丁目にある、そういう方たちが集まるバーらしいですわ。息子はこの日、彼のマンションに泊まったそうよ」

一条は長いため息をつくとともに、頭を押さえた。

「そこがそういうお店でなければ、大学時代の友人で共同経営者の二人が、お互いの部屋に泊まり合ってもなんとも思わなかったわ。酔った弾みでキスをしてしまった、という言い訳も受け入れます。でも、こんな証拠を見せられてしまったら……。普通の人がそういう店に行くとは思えませんの。息子の交友関係もそうですけど、考えてみたら、わたくし一度も恋人を紹介してもらったことがなかったんです。息子も今年で三十四歳なの。橘さんとは縁を切って、お見合いさせるつもりですわ。わたくしだって、人並みに老後を楽しみたいし、孫を抱きたいのよ」

先ほどまでとは打って変わって、一条の目には強い意志を感じた。

孫を抱きたい、という一条の気持ちはわかる。だが同性愛者が、女性との結婚生活を続けていけるのだろうか。

渉は急に、胸に突き刺すような痛みを感じた。

もうすっかり忘れていたと思ったのに。

清志郎、なんて珍しい名前でもないのに、反応してしまった自分に驚いている。

彼は元気でやっているだろうか。

しんみりしている渉の横で、日比野と一条とで細かい話し合いが始まる。気乗りしていなかった日比野だが、とりあえず話を聞くことにしたらしい。

渉も気を取り直し、二人の話に耳を傾ける。

別れさせの工作は、スタッフがターゲットと接触し、恋人から気持ちが離れるまで続く。一ヶ月足らずで終わることもあれば、半年一年とかかる場合もあるため、依頼者と相談の上、工作期間を決め、様子を見ながら進めていく。

「で、スタッフの予定なんですが……」

日比野が、パソコンでスタッフのスケジュール表を開いた。渉が横からのぞき込んでみると、別れさせの工作を得意とする男性スタッフのスケジュールは先まで埋まっている。日比野も、雑誌を読んでいて暇そうに見えても予定はぎっしりだ。

「いっぱいですね……。少し待っていただくか……」

「少しって、具体的にどのぐらいですの？」

「現時点で、二、三ヶ月といったところですかね」

「そんなに待てませんわ」

一条は探偵事務所で受け取った報告書を手に、その足でここにやってきたのだ。一刻も早く二人を別れさせたいのだろう。

「だったらほかを当たってもらったほうがいいかもしれないですね」

「探偵事務所の所長から、実績があるからとこちらを勧められたんです。また新しく会社を探して一から説明する時間すら、わたくしは惜しいのよ」

「そりゃありがたいけど、今すぐに、ってなると、この高比良しか手が空いてないですよ？　こいつは犬の散歩とか、結婚式の友人のスピーチ代行、老人の話し相手、子供がいる家庭の留守番。そういう仕事がメインなんですよね」

スタッフがそろわないため、日比野は気乗りしないのかもしれない。

別れさせ、という仕事は、気のある素振りをしてターゲットを騙すことだ。躊躇せずに嘘をつけること、騙していることを悟られないこと。罪悪感を覚えずにできる人が工作に当たる。ついでに言うと、男女の出会いは第一印象が重要なため、容姿のレベルは高い。

「わたくしは構いませんわ。高比良さんにお願いいたします」

ああ言えばてっきり断ると思ったのに、一条は今この瞬間にも行動に移してほしいと言わんばかりに前のめりになっている。藁にもすがりたい気持ちなのだろう。

日比野が渉に目配せしてくる。こちらに選択肢を投げてきてはいるものの、日比野は最初から渉には無理だと思っていて、断れ、というように小さく肩をすくめた。

渉はこの手の仕事をしたことがないので、もしも引き受けたとして、うまくやれるかという不安はある。また、恋人たちの仲を故意に引き裂くのだから、心が痛む。

——渉に別れさせ屋が務まるのだろうか。

「どうか、お願いいたします」

断るほうに傾きかけた渉の心を察知したのか、一条が重ねて言い頭を下げたのを見て、渉はノーとは言えなくなってしまった。

「……わかりました。引き受けます」

渉が了承すると、一条はほっとした表情になり、日比野は呆れた顔をした。

「高比良はこの手の仕事が初めてだし、同性愛者が相手というのは、うちにとっても初めての事案なので、うまくいく保証は普段の工作の半分ぐらいと思っていてください。それでもうちでいいんですか？」

「ええ。よろしくお願いします」

「わかりました。成功率を上げるために、私もできるだけ高比良のサポートをします」

一条の気持ちが変わらないのを受けて、日比野はこの依頼を受けることにした。

より細かな打ち合わせが続き、ひと段落したところで一条は帰った。ドアまで見送り、一条の姿が完全に消えると、日比野は渉の髪の毛をくしゃくしゃにかき回した。

「あーあ。バカだ、お前」

「バカってなんですか、バカって」

渉は手ぐしで髪を整え、日比野をきっと見上げる。

「お前みたいな男に、この手の仕事ができるわけねえだろ。選りに選って、最難関といってもいいゲイカップルを担当しようだなんて、どういうつもりなんだか。男の気を引くなんてできんのか？　ほかのベテランスタッフたちだって難しいだろうよ」

容赦ないのは日比野のもともとの性格でもあるし、渉との付き合いが長いせいでもある。

日比野は渉が在籍していた大学のサークルの先輩だった。といっても渉よりも八歳年上なので在籍期間は重なっていないのだが、サークルの創始者は一風変わった人だった、という日比野の噂は後輩に語り継がれていた。サークルの活動テーマが「行きあたりばったり」で、思いつくままにいろいろなことをした。真夜中に線路を歩いたり、突然真冬の海で泳いだり。

なにもわからないまま入会届けを書かされたとはいえ、なぜこんなサークルに入ってしまったのだろう、と当時の写真を見返したときに時々感じる。

渉が大学一年生のときに、サークルのOB会で初めて日比野と顔を合わせた。

そのときから交流が始まり六年目、渉が一般企業に就職して二年目もそろそろ終わろうかという頃。日比野に誘われ、渉は迷った末に日比野サポーターズに転職した。

それからさらに六年。渉の性格を熟知している日比野は、一度も別れさせの仕事を回してきたことがない。

「やってみなくちゃわからないじゃないですか。まあ、恋人たちを引き裂くなんて……、と思うと心苦しさはありますけど」

「ほら。それがダメだっつってんだろ。心苦しいなんて思ってるうちは、無理だ。お前は素直でいい子すぎるんだよ」

「面識もない相手だし、仕事は仕事だって割り切れるから大丈夫です」

「……まあ、お前がそう言うなら任せるわ。だれにだって最初はあるんだしな。それにお前ぐらいの美人が相手なら、一条の好みじゃなくても、言い寄られて悪い気はしねえだろう。なにかあったらすぐに俺に相談しろよ。尻は守れ。とりあえず、一条との出会いは俺がセッティングしてやる。高比良の、別れさせ屋工作デビューのお祝いだ」

日比野は早速、義弥と出会うための計画を立て始めた。

一条が相談に来てから最初の週末を迎えた。

義弥と出会うために、渉と日比野は日本有数の高級ホテルの宴会場に来ていた。

義弥は一条家の一人息子で跡取りだが、四年前に親の経営する会社を辞めて、友人、つまり恋人の橘と会社を設立している。昔から親子関係は良好ではなく、跡など継がないと宣言しての独立だったそうだ。

当時、両親は起業したところで失敗するだろうと高をくくっていたらしい。けれど会社は一気に軌道に乗ったため、両親は戻ってこない可能性を考え、毎日頭を悩ませているのだそうだ。また義弥は三十も半ばに差しかかったにもかかわらず、いつまでも結婚の気配を見せないため、一条の不安は年々膨らんできたようだ。

そこで探偵を雇って周辺を探ってみたら、息子はゲイである可能性が高いことがわかった。しかも息子の恋人は、友人で仕事のパートナーと紹介された橘とわかり、どんな手を使ってでも引き離さなくてはならないと考えたのだ。

もともと面識があったということで橘の調査は省かれ、一条は義弥の素行調査を徹底的に行っていた。橘のほかにはそれらしき男の影はなく、むろん、女性の存在もない。

義弥ももういい大人なのだし、彼の人生なのだから、好きにさせてやればいいのに。

一条の手先となって動こうとしているにもかかわらず、渉はやはり、義弥側に立って物事を考えてしまう。

御曹司という立場に生まれてしまうと、自分の気持ちだけではどうにもならないことがたくさんあるのだということを、渉は知っている。かつて、渉もそれで苦い経験をしているから。

宴会場の壇上では、社長が挨拶をしたり、お祝いの電報が読み上げられたりして、それが終わるとホールの照明が落ちた。大きな音楽とともに、社史が流れ始める。

来た当初は豪勢な食事や高級な酒が振る舞われて楽しんでいたが、つまらない話が延々と続いて、渉は眠くなってきた。この仕事に転職してからというもの、必要なとき以外はすっかりスーツを着なくなったので、ネクタイが少し窮屈(きゅうくつ)に感じる。

壁に背中を預けてあくびを噛み殺すのに必死な渉の隣で、日比野は遠慮のない大あくびをした。T

シャツとジーンズにサンダルが標準装備の日比野も、今日はスーツを着ている。すらりとした長身のせいかスーツが似合うし、無精ひげを剃った顔には、どことなく男性の色香が漂っている。

「ターゲットが見つからねえな」

だるそうな声で日比野が言った。

「日比野さんは緊張感がないですね。これだけの参加者と広さですからね。会場が明るくなったらまた動きます」

「……相手のタイプによっちゃ俺がやったほうがいいのかもな」

いつもの日比野が言ったなら冗談にしか聞こえないが、今日のようなフォーマルな姿だと、妙に説得力がある。

「俺が担当では頼りないですか？」

渉にとっては初めての別れさせ工作だから、という理由があるにしても、忙しい日比野がパーティーにまでついてくるのは珍しい。日比野のことだから、ただで飲食したかっただけなのかもしれないが、口振りから察するに、渉が心配でついてきたような気がしてならなかった。

「まあ、見た目もそうだし、性格的にも、なんとなくお前じゃ頼りないわな。仮に相手が本気になったとき、どうすればいいのか考えてんだよ。相手は男だしホモだし」

「相手が男なのは、女性スタッフが対応するときと同じですよ。ゲイでもそうでなくても、男は男で、俺たちと同じじゃないですか。男同士なんだから、女を口説くよりも、意外とうまくいきやすいかもしれませんよ？」

「前向きだな。奴の気を引くことに関しての不安はねえよ。ただな、トラブルに巻き込まれなければいいんだけど」

「そっちの心配は無用です。それよりも、ちゃんと落とせるのかってほうを心配してくださいよ」

ターゲットが同性愛者という普段とは違った依頼に、いつもはふてぶてしいぐらいの日比野が不安を覚えているらしくて、渉は苦笑いした。日比野は適当そうに見えて、面倒見はいいのだ。社員のほとんどが、日比野を慕って集まってきた人たちだ。

「――しばしご歓談をお楽しみください」

司会者の言葉が合図となり、クラシックの生演奏が始まった。邪魔にならない程度の、聞き心地のいい音楽だ。

会場の端からホールを見回すと、一人の男性に視線が吸い寄せられた。

「日比野さん、見つけました。あそこの、女性数名に囲まれている男性、彼じゃないですか？」

「おー、両手に花なんてうらやましいねぇ。家柄がよくて高学歴、金も持ってる美形の御曹司がホモだなんて、知らずにハンターになってる女たちはかわいそうに。一人ぐらい俺んとこ来ねえかな。あの黒いドレスの女、いい尻してるよな」

「一条並みに高学歴でお金を持っててイケメンで御曹司なら、あそこにいる女性たちもきっと日比野さんに群がってきますよ」

「はぁ、神様っていじわる」

日比野は大げさにため息をついた。

義弥をバカにしていたり同性愛者そのものを嫌悪したりはしていなさそうだが、自分の日常から遠く離れているため、得体の知れない存在、といった様子だ。

女性たちと会話をしながら首を巡らせ、こちら側を向いた男の顔を見て、渉と日比野は彼が義弥と断定した。

「高比良、そろそろ始めるか。基本的に俺は手助けしねえが、なにかあれば連絡をくれ。終わったらさっさと帰るからな。帰りはお前が運転するんだから、飲むんじゃねえぞ」

「わかりました。日比野さんこそ、飲みすぎないでくださいよ」

「はいはい。努力はするけど期待するなよ」

飲む気満々の日比野は頼りない返事をして、持っていたシャンパングラスを渉の手に握らせ送り出した。

渉はグラスを片手にホールの真ん中を突っ切る。反対の手では、胸の内ポケットの名刺を確認する。名刺は偽名だ。職業も企業名だと調べられたら一発で嘘がバレてしまうので、フリーライターということにしてある。

男性の平均身長より少し高い渉と比べると、義弥は百八十センチ前後といったところか。

渉が義弥の仕草や表情を見ながら距離を詰めていくと、タイミングよく一人になった。歩く速度を落とし、義弥の次の行動を待つ。そして義弥が動いたとき——。

「あっ……」

渉は自分からぶつかりに行った。

義弥のひじがシャンパングラスを持っていた手に当たり、渉はわざとグラスを手離す。

ジャケットやワイシャツの胸元にシャンパンがかかり、グラスが落ちたが、足元が絨毯(じゅうたん)だったため割れたり大きな音がしたりせずに済んだ。

「申し訳ありません。お怪我はありませんか?」

とっさのトラブルに見舞われたにもかかわらず、義弥の声は落ち着いている。

くっきりとした二重の甘いマスクは華やかで、写真よりも数倍いい男だ。

あの写真は、逆の意味で詐欺(さぎ)だ。

「い、いえ、だ、大丈夫です。こちらこそよそ見をしていたので……すみません」

義弥のオーラに当てられ言葉に詰まり、あたふたする渉を見て、義弥はくすりと笑った。ほほ笑みすら品がある。温厚そうで初対面の印象はよく、敵を作るタイプではなさそうだ。取っつきやすい人、という点で第一段階はクリアできそうだ。

「汚してしまいましたね。本当にすみません。ホテルのクリーニングに出せばすぐにきれいになりますから。支配人を呼びますね」

「そ、そこまでしてくださらなくても、本当に大丈夫ですから」

支配人と直接の知り合いなのか、義弥が携帯電話を取り出したので、渉は慌てて阻止した。

――出会いのきっかけはさりげなく、かつ印象的に。

という日比野の教えに渉は従った。

一般的な反応として、義弥からクリーニング代を渡されるだろうということは想定していた。それを断る渉に、申し訳ないと思う義弥。最終的に、食事でもなんでもいいので、渉が誘うなり義弥から誘われるなりして、二度目につながるシナリオを思い浮かべていた。うまくいかなければ偶然を装って再会することになるのだが。

ある程度頭の中に筋道を立てていたのに、想定外の問題が発生してしまった。小型のＩＣレコーダなど、いろいろ仕込んであるジャケットを持っていかれるわけにはいかない。

「遠慮なさらないでください」

「あ、いえ、でも、生地の色が濃いから目立たないですし、安物なので、ホント大丈夫です」

出会いのきっかけさえ作れればすぐに退散する予定だったのだが、思いもよらない方向に進みそうになり、渉は困ってしまう。

「じゃあ、せめてクリーニング代を出させてくれませんか？」

義弥が名刺を差し出してくる。

横道に逸れそうになったが、うまく軌道修正できてほっとした。渉も嘘の肩書の名刺を渡そうと、胸の内ポケットに手を差し入れたとき——。

「なにを揉めているんだ」

背後から低い声がして、渉はびくりとした。

驚いたのは、突然呼びかけられたからではなく、その声に聞き覚えがあったからだ。

胸の奥深くをくすぐられるような懐かしさと、同時にチクリと針を突き刺されたような痛みを感じて、渉はジャケットの胸元をぎゅっと握りしめる。

「やあ、橘。楽しんでる？」

橘、と聞いて渉はほっと短い吐息を漏らした。

なんだ、義弥の恋人か。

顔が似ている人、声が似ている人。世界中探せばいくらだっているのに。ちょっとしたことでいちいち敏感になる自分に、渉は小さないら立ちを感じた。

一体いつまで引きずるつもりなんだ。

「ナンパしてたんだ。えーと……、そういえば、何君だったかな？」

まだ自己紹介もしていなかったな、と笑う義弥に笑みを返してから、渉は振り返った。

「僕は――」

その瞬間、渉は息を呑んだ。心臓が止まるというのはきっと、こういうときだ。

義弥よりも少し背が高い。強い意志の持ち主であることを印象づけられる鋭い目。でも、見た目ほど厳しい性格ではないことを、渉は知っている。

渉は固まったまま、橘、と呼ばれた男を見上げる。驚いているのは渉だけではなかった。彼もまた動きが止まったまま見つめ合うこと、きっと数秒。けれど渉には何十分もの長い時間に感じられた。

清志郎がどうしてここに？

義弥の恋人？

そもそも、橘という姓は？

次から次へとクエスチョンマークが飛び出してきて、渉は頭の中が真っ白になった。

「あれぇ？　橘、彼と知り合いだった？」

不意に訪れた沈黙を、のんきな義弥の声が打ち破る。

「どんな知り合い？　彼はあんまりプライベートのこと教えてくれないからさ。ものすごくキミに興味湧いちゃうよ？」

橘の友人だと思ったからなのか、義弥は軽い口調になった。またはこの場が一瞬にしてぴりっと張り詰めた空気になったのを感じ取り、和ませようとしているのか。どちらにせよ、義弥の明るさは、渉に平常心を取り戻させる手助けになった。

「あ……」

……名前。そうだ、義弥に名前を聞かれたんだ。

胸ポケットから名刺ケースを取り出そうとして、渉はふと手を止める。

橘、と呼ばれた男が渉の知っている清志郎だったとしたら……。いや、間違いなく彼は清志郎だ。名前も容姿も声も一致する他人なんて、そういるわけがない。

ならば渉は偽名を使うわけにはいかない。偽の名刺を渡したら、確実に怪しまれてしまう。

「高比良渉、です」

「高比良君か。こっちは橘清志郎。俺の共同経営者ね。一緒に仕事してるんだ。高比良君は橘と知り合いみたいだけどさ——」

「いえ、違います」

渉はとっさに否定した。

知り合いだと認めると工作しにくくなるかもしれないという思いもあったが、それよりも、目の前の現実を受け入れられなかったといったほうが正しいかもしれない。

清志郎が義弥の恋人だったなんて――。

いや、そもそも清志郎は結婚したのではなかったのか？

だからこそ、あの日、渉は苦渋の決断をしたというのに。

無意識にうつむいたら、清志郎の手が視界に入った。その左手の薬指にはプラチナのリングが光っている。義弥の左手を確認したらなかった。ということは、リングは清志郎と妻とのものと考えるのが自然だ。つまり、清志郎は結婚している身でありながら、義弥と付き合っていることになる。

渉の全身が怒りで熱くなる。

すでに離婚しているのであれば、好きに恋愛すればいい。だが、これは妻への裏切り行為だ。

清志郎にとって、妻とはその程度の軽い存在だったのか？

渉はぎゅっと拳を握った。

それならなぜ、六年前に――。

渉はわななく唇を強くかみしめた。そうでもしないと今にも清志郎につかみかかってしまいそうなほどの、腹から突き上げてくるような激しい衝動を感じていた。

今さらどうこう言っても仕方ないことは、渉だってわかっている。失った時間を取り戻すことなどできないのに、わざわざ傷口に塩を塗る真似をする意味などないだろう？　自分が苦しいだけじゃないか。

渉は必死に、自分にそう言い聞かせる。

問題は、今現在、既婚者の清志郎と義弥が不倫関係にあることだ。

一体いつから？　結婚前から？　それとも、四年前に一緒に仕事を始めてから？

いや、結婚前の可能性はゼロだと断言していい。少なくとも六年前の清志郎は、二股をかける男ではなかった。そう思っていた清志郎が今や不倫をしているのだから、誠実な男だと信じていた渉は滑稽だ。

次に、義弥に不倫という認識があるのかという問題だ。既婚者だと知らされていなければ義弥も被害者だ。だが彼らは学生の頃からの友人なので、その線は薄そうだ。最初は結婚したことを知らなかったとしても、清志郎の姓が変わっている以上、一度ぐらいは話題になっているはずだ。それに加えて仕事上でもパートナーであることを考えると、渉の推測だが、たぶん、義弥は清志郎に妻がいることを知っている。

お互いに、わかった上で不倫している。

別れさせの工作に対しては、渉には多少のためらいがあった。仕事と割り切ると言いながらも自信はなかったし、渉がそういう性格であることを知っているからこそ日比野も仕事を回してこなかったのだろうけれど、渉は一瞬で吹っ切れた。

母親にとっては残念な知らせだが、清志郎が恋人だとわかった以上、九十九パーセントの確率で義弥はゲイだ。ただし残り一パーセントの例外があることを、渉は知っている。

「初めまして。高比良です」

「橘です」

白々しいかと思ったが、渉が他人を装ったことで清志郎もそれに乗り、二人の関係をあえて義弥に知らせることはなかった。渉はもちろんだが、清志郎にとっても触れられたくない過去なのだろう。渉だって、知り合いだと紹介されても困る。とはいえ、「なかったこと」にされたらされたで腹が立つし、心境は複雑だ。

「大変申し訳ないんですが、名刺を切らしておりまして。すみません」

偽の名刺を渡せないから、渉はわざとらしく胸元をなでてごまかした。

「じゃあさ、高比良君の電話番号教えてよ。これ、俺の携帯の電話番号だから、ここにかけてくれる？　そしたら名刺なくても連絡取れるでしょ？」

義弥は名刺の裏に自分の携帯電話の番号を書いて、渉に差し出してくる。

渉と義弥のやり取りを見て、清志郎の眉根が寄った。やはり他人を装った渉を訝しんでいるのかもしれない。または突然現れて急に恋人である義弥に接近してきた渉に対して、警戒心を抱いたのか。

どちらにしろ、友好的な顔ではなかった。

不機嫌な清志郎に気づいていないのか、義弥は渉の番号を求めてくる。敬語でなくなったり電話番号の交換をしたりと、義弥との距離が急激に縮まっていく。社交的な人は初対面でも物怖じせずにぐいぐいくるので、義弥は広く交友関係をつないでいくタイプなのだろう。ガードが堅いよりはやりやすい。

清志郎の視線を痛いほど感じながら義弥に電話して、番号が表示されたのを見て切った。首尾は上々。清志郎の存在が引っかかるが、失敗するイメージは浮かばない。

三人で、といっても実質的には渉と義弥で話をしている途中で、義弥は年輩の男性に声をかけられたため、渉たちの輪から外れた。

広い宴会場のいたる場所で歓談されているのに、渉と清志郎がいる場所だけ時間が止まっているようだ。

清志郎についてはいろいろと思うことはあるけれど、あえて考えないようにして、仕事に集中しよう。お互いに性格を知り尽くしているのだから、別れさせようとしているのがバレないよう、深入りしてはいけない。

工作の第一段階「義弥との出会い」が無事に終わり、次にもつながりそうだし、ここに留まる理由もない。なによりも、清志郎のそばにいるのが気詰りだった。

「では——」

「久しぶりだな」

気まずい沈黙を、渉と清志郎が同時に破った。やはり他人のまま終わらせてくれない。なぜ、仕事のために逃れられないタイミングで出会ってしまったのだろう。しかも、ターゲットの恋人なんてどんな罰ゲームだ。

渉は清志郎を直視できず、赤い絨毯に視線を落とした。

「元気そうだな」

他人を装ったのだから最後まで貫き通さなければならない、と思ったが、清志郎はそれを許してはくれなかった。渉は清志郎に気づかれないよう小さなため息をついて顔を上げる。

「俺は今も昔も元気ですよ。……橘さんは、婿養子になったんですね」

清志郎は不思議そうな視線を投げかけてくる。言葉が足りなかったかと、渉は付け加えた。

「苗字。御堂(みどう)姓じゃなくなっててびっくりしましたよ。一条さんと仕事をしているって聞きましたけど、御堂の会社も辞めてしまったんですね。跡取りだったのに」

「あぁ」

清志郎は合点(がてん)がいった顔をしたあと、表情を曇らせた。

「まあ、いろいろあってな。会社は弟が継ぐことに――」

「あの……俺、このあと仕事があるんで。失礼します」

自分から話題を振っておきながら、渉は一方的に会話を打ち切り、清志郎に背を向けた。六年間の空白を、今さら埋めたいとは思わない。

「渉、待てよ。連絡先を教えろ」

どの面下げてその台詞を吐くのか。

結婚をした罪悪感や、別れた後悔、または渉への怒りでもいい。清志郎の声には、それらの感情が含まれておらず、淡々としていて腹が立つ。あれからの日々を、なにも感じずに過ごしてきたのか？

渉は無理やり忘れた振りをして、この六年間を生きてきたというのに。

「渉っ」

「教えるつもりはありません。理由は自分が一番よくわかってるでしょう」

渉は引き留めようとする清志郎を振り切り、宴会場の外に出た。

連絡先を聞いて、なにがしたいのだろう。六年間の恨みつらみをぶちまけるのか？　それとも幸せを見せつけたいのか。もしも単純に懐かしかったからという理由で連絡を取りたいというのであれば、渉は清志郎の頭の中を理解できない。

なぜこのタイミングで、清志郎と再会してしまったのだろう。できれば二度と会いたくなかったのに。

最悪だ。

飲む気満々で来て、案の定千鳥足の日比野に代わり、帰りは渉が車を運転した。

日比野はネクタイとシャツのボタンの上ふたつを外し、シートをややフラットにした助手席に座っている。

「いいお酒が振る舞われたからって、飲み過ぎですよ。限度がわからない年齢でもないんですから、しっかりしてくださいい。仮にも仕事中だったんだし」

「いつものペースだって。ただ、年取ったせいかな。最近めっきり弱くなっちまったよ」

「まだ三十後半でしょう。充分若いですよ。年齢のせいじゃなくて、寝不足が続いてたからだと思いますよ。日比野さんあっての会社なんだから、体調と相談して飲んでくださいね」

「お前、嫁みたいな奴だな」

「もう。人が心配してるっていうのに」

普段から陽気な日比野は、酒が入ってさらに陽気になっていた。ケタケタと楽しそうに笑ったかと思ったら、電池が切れたように、ぴたりとおとなしくなる。

「日比野さん？」

信号待ちのときに助手席を見たら、日比野は目をつぶっていた。

「日比野さん、寝ちゃいました?」

声をかけたが返事はない。

渉はエアコンを弱くして、後部座席から日比野のジャケットを取って胸にかけてやる。

あんなことがあったあとだから、話し相手がほしかったんだけど。

エンジンの音だけでは足りなくて、渉は気を紛らわせるために、普段はつけないFMラジオのスイッチを押す。チャンネルを移動させていると、落ち着いた女性のDJが、ジャズの紹介をしている番組を見つけた。

タイトルはわからないけれど聞いたことのあるピアノの音楽が流れ始め、渉は少しだけ気が紛れるような気がした。音量を小さくして正面を向くと、ちょうど信号が青に変わったので、ブレーキから足を外した。

——元気そうだな。

清志郎が渉に声をかけてきたとき、うれしそうでも、懐かしそうでも、気まずそうでもない、能面のような顔だった。それを淡々としていると捉えるには、あまりにも無表情すぎた。たぶん、心情を悟られまいとしていたのだろう。そう考えると清志郎もまた、少なからず動揺していたような気がする。

でも、他人の振りをした渉に、何事もなかったかのように話しかけてきた清志郎の気持ちは理解できなかった。昔のことなどすっかり忘れてしまったのかもしれない。ということは、清志郎にとって渉はその程度の存在だったことになる。妻も蔑ろにしている。清志郎はこんな軽薄な男だっただろうか。

苦さと甘さとが入り交じる、複雑な記憶の中にある、当時の清志郎の面影は曖昧だ。これも、清志郎を忘れよう忘れようと努力した結果か。

助手席で安らかな顔をして眠っている日比野が恨めしい。渉だって浴びるほど酒を飲んで、つらい記憶を全部吹き飛ばしてしまいたかった。

週末のせいか、都心の道路は混雑していた。のろのろ走ったり止まったりして、なかなか事務所に着かず、渉は少しいらついていた。普段はこんなことぐらいで腹を立てることはないのに、心がすっかりささくれ立っていた。

「今回の仕事、できそうか？」

不意に声をかけられて、渉はびくりとした。車が不規則な動きをしていたせいで、日比野は目を覚ましてしまったらしい。

「なんですか、突然」

「いやあ、ラジオなんかかけたことねえお前が音楽聞いてるから、珍しいこともあるもんだと思ってよ」

こんな小さなことで渉の動揺を見抜くなんて、日比野は鋭い。

「人の心を動かすのはただでさえ難しいのに、男が相手だからな。遠くから見ていたときには、まあ、話が弾んでいたようだが。とりあえずお前は真面目な好青年風だし、嫌われる要素はねえだろうけど、それだけでうまくいくもんでもねえしな」

「男相手の工作については、俺はハンデだとは思ってませんよ。ただ、彼の性格が軽そうなんですよね。恋人の前で、平気で俺に電話番号を聞いてくるし、興味が湧いたとか言うし。恋人もそれを咎(とが)めないし」

「あー、そういう奴は手当り次第に食い散らかすけど、だれにも本気にならないんだよな。わかるわー」

「だれかさんに似てますね」

「高比良の周りにそんなひどい男がいるのか」

白々しいですよ、と渉が言うと、日比野は小さく咳払いして続けた。

「まあ、それはともかく。派手に遊ぶタイプの可能性も捨てきれないが、今のところ橘以外の男の影はないらしいから、ある意味、橘との関係が安定してるってことだろうな。ちょっと厄介(やっかい)かもな」

「そうですね……」

清志郎と義弥が寄り添っている姿を想像したら、渉は胸がずきっとした。もう、渉には関係のない人なのに。

「ん？　どうかしたのか？」

しんみりしたつもりはなかったのだが、渉の声が落ち込んでいるように聞こえたのか。日比野が探るような視線を寄越してくる。だが渉は運転中であることを理由にして、正面を向いたまま、日比野の気遣いを受け流す。

「いえ、実は一点、気になることがあって。……俺、一条の恋人の橘と知り合いだったんです」

この先どのような展開になるのかわからないし、万が一、渉だけでは対処しきれなくなってしまったら、周りがフォローしなくてはならないのだ。そのためには、どんな小さな情報でも共有しておかなければならない。

それでも渉には、日比野に肝心な部分を伝える勇気がなかった。

──かつて、渉と清志郎は恋人同士だったのだ。

渉はゲイではない。後にも先にも、付き合った男は清志郎だけだ。

初めて男性と付き合う渉には驚きと戸惑いの連続の毎日だったが、その中にも、小さな幸せやよろこびを感じていた。その積み重ねが膨らんで、両手に抱えきれないぐらいいっぱいになった。言葉にすると途端に安っぽくなってしまうけれど、渉にとって清志郎は「運命の人」だと感じていた。小さなケンカもたくさんしたけれど、それでも彼とならー生一緒にいられると、本気で思っていた。

清志郎が「結婚する」と言うまでは。

「そらまたなんて偶然な。報告書を見たときに気がつかなかったのかよ。同窓生？」

酔いが醒めてきたのか、日比野が助手席のシートを起こした。

「いいえ、前の会社の先輩だったんです。彼も一条と同じく大企業の跡取り息子だったので、まさか会社を辞めているなんて想像もしませんでしたよ。それに苗字も変わってたし。婿養子になったみたいです」

「ってことは、結婚してんのに、一条の息子と付き合っているのか、橘は」

「おそらく。指輪もしていましたし。……そんな人じゃ、なかったんですけどね」

「妻帯者でホモで不倫かよ。わけわかんねえ。なんかすげえ厄介な件に首つっこんじまったな」

日比野は大きなため息をつきながら背伸びをした。その隣で、渉もこっそり短く息を吐く。

かつての恋人と再会しただけなら、渉はこんなふうにくさくさとした気持ちにはなっていない。清志郎がせめて妻帯者でなかったら、渉も当たり障りのない対応ができていたような気がする。

そんなことができる人だったのか。どうして何事もなかった顔ができるのだろう。清志郎に対する複雑な感情が次から次へと込み上げてくるのに、ぶつける場所がなくて、いらいらは渉の体の中で暴れ回っている。

「で、お前らは仲よかったのか？」

涉のいら立ちを知ってか知らずか、日比野がのんきな声で聞いてくる。

これからの対応を考えるための単純な質問だ。深く考えずにさらりと答えればいいのに、相手が日比野だから尋問されているように感じてしまう。

もしかしたら自分たちの関係がバレたのか？

ハンドルを握る手がじっとりと汗ばんでくる。

「……そうですね。わりとよく、一緒に飲み歩いていました」

動揺を悟られないように、涉は言葉を選びながら答えていく。嘘がつけないから、せめて本質に触れられないように。

「橘の嫁は美人？」

「その情報、必要ですか？」

「単純な興味だよ。ホモに美人が奪われたら腹立つだろ」

「残念ながら、奥さんとの面識はありません」

使えねえな、と日比野はぼやいたが、涉にとっては、妻の顔を知らないのが唯一の救いだ。知りたいとも思わない。

「そもそも、橘と交流があったのは同じ会社にいたときだけですよ。新婚さんを飲み歩かせるわけにいかないし、家に突撃なんていうのもしにくいじゃないですか。ていうか橘が結婚する前に俺は転職しちゃったし、こっちの仕事に慣れるまで大変で連絡取り合う余裕なんかなかったし、結局そのまま疎遠になっちゃいましたね」

「……今日はよくしゃべるな」

日比野は一番触れてほしくない場所を、的確に攻撃してくる。

「いつもどおりですよ。日比野さんが酔ってるからそう思うだけです」

「そうか？　まあ、別にいいけど。でもなぁ、仕事とはいえ、知り合いから恋人を奪うのはつらいだろうな。やっぱり宮本に代わらせるか？」

「いえ、大丈夫です。俺にやらせてください」

落としのプロ、と社内でも定評がある社員の名前を出されて渉は即拒否した。宮本はどんな相手でも思いのままなので、相手が男性で勝手が違っても成功する可能性が高いだろう。だが宮本だって忙しいのだ。それに渉がやると言って引き受けた仕事を、わがままで周囲に負担をかけさせるわけにはいかない。

担当するからには結果を求められるし、大丈夫だと宣言した以上失敗するわけにいかない。義弥と関係を深めていくということは、義弥の恋人である清志郎とも関わる時間が増える可能性がある。

日比野の心配はわかるし、気にかけてくれてありがたいけれど、渉はできるだけ清志郎と会わないようにするつもりでいる。たしかに最初は驚いたけれど、もう心構えができているから、次に清志郎とばったり会うことがあったとしても平常心でいられるはずだ。

「まあ、お前がそう言うんだったらいいけどよ。なんか困ったことがあったら必ず相談しろよ」

「はい。ありがとうございます」

「ところで、その友達がホモだって、お前、知ってた？」

「……いえ。結婚するって言ってたし……」

「なるほど。知ってた、と。で、お前は狙(ねら)われなかったの？」

饒舌(じょうぜつ)だった渉が口ごもったため、日比野にまた付け入る隙を与えてしまったらしい。嘘はあっさり見抜かれて、さらに突っ込んで聞かれた。酔っていないときの日比野は、あともう少しだけデリカシーがあるのだが、今それを期待しても無駄だ。

「女ならだれでもいい日比野さんとは違うんですよ。入社以来営業成績が常にトップの、凄腕の先輩だったんです。彼が指導に当たってくれたおかげで、俺は最初から仕事が順調だったんですよ。こういう人になりたい、って思える人でした」

「お前が他人をそんなふうに言うなんて珍しいな。昔の職場の話とか、あんまり聞いたことなかったしな。案外、そいつってお前の特別な人だったんじゃねえの？」

日比野はひじで渉をぐりぐり押してくる。迷惑な酔っ払いだ。

反応すると日比野は調子に乗ってしまうから、渉は唇を引き結び、返事を拒否した。

頑なに口を閉ざせばかえって怪しまれるかもしれない、と思ったが、酔った頭では深く考えることができなかったらしい。日比野はそれ以上の詮索はしてこなかった。

日比野が興味本位でいろいろ聞いてくるのは、ある意味仕方がないことだと思っている。渉だって自分が当事者になるまでは、同性愛者なんて別世界の話だと思っていたのだから。

渉が返事をしなかったことで、間ができてしまった。いつまた日比野に追及されるかわからないから、渉は別の話題を探した。

「日比野さん、別れさせの極意ってなんですかね。相手によって対応が変わるのはわかってますけど、一番大事なことってありますか？」

「そうだなぁ。俺の経験上、って前提だけど、工作期間中はどんな女でも本気で好きになることだな」

「期間限定で？　でもそういうやり方だと、なんとなく最終的には惚れちゃいそうな気がするんですけど。仕事が終わったらどうするんですか？」

「バカヤロウ」

日比野は渉の太ももを強く叩いた。

「それでも本気にならねえのがプロの仕事人なんだよ」

わざとらしくキメ顔をした日比野に、渉は思わず吹き出してしまう。

初仕事で、さらに知り合いから恋人の気持ちを引き離さなくてはならない渉を励ましてくれようとしていたる日比野がありがたい。酔っぱらっていなければもっとよかった。

——本気で好きになる、か。

渉は頭の中で、日比野の言葉を繰り返す。

かつて渉には、本気で好きになった人がいた。後にも先にも、全身全霊で愛したのは彼だけだった。もう、とうの昔に忘れたつもりでいたのに。

清志郎の顔を見て、記憶の一部に触れられたら、二人で過ごした時間はまるで昨日のことのように思い出せる。

初めて言葉を交わした日。初めてのキス。男同士でぎくしゃくしてしまう渉を、清志郎は精一杯優しくしてくれた。そして思い出は楽しいことばかりではなくて、ときにほろ苦く、ときに胸に突き刺さるような痛みを伴って。

渉は前方の車の赤いテールライトを見つめながら、六年前の出来事をぼんやりと思い出していた。

渉は大学卒業後、大手飲料メーカーに就職した。配属された営業部で、三年先輩の清志郎が渉の教育担当になった。それが清志郎との出会いだった。

清志郎は人望があり、リーダーシップを発揮する、頼れる先輩だった。入社以来営業成績は常にトップの凄腕で、一緒に営業先を回ってその仕事ぶりを見るにつけて、渉は清志郎のような社会人になりたい、と思った。

清志郎のアドバイスはもちろん、ミスをしたときの注意も素直に聞き入れ、次は失敗しないようにと必死に食らいつく渉を、清志郎は好意的に感じたらしい。渉が入社して約三ヶ月が過ぎ、仕事にもようやく慣れてきた頃、渉は清志郎から、同性愛者だという告白とともに思いを告げられた。

普段は精悍(せいかん)な顔つきをしている清志郎に、仕事のときには絶対にしない少し照れた顔を見せられて、渉は胸がざわざわした。清志郎の言葉が冗談ではないことを察した。

だが女性との恋愛が当たり前だった渉は、心の底から驚いて、間の抜けた受け答えをしてしまった。

「なんで、俺なんですか？　すごくかっこいいとか仕事ができるとか、そういうわけじゃない普通の男なんですけど」

「顔は充分整っていると思うが？　入社してすぐに仕事ができるかどうかなんて判断できない。が、高比良には将来性を感じているから安心しろ」

思いがけず褒(ほ)められて、渉はどきっとした。

「あの、御堂さんにそんなふうに言ってもらえて、俺、すごくうれしいんですけど、男と恋愛とか、想像できなくて……。すみません」

「いや、謝るな。俺も無理だとわかっているんだ。だから普段はノンケ相手に恋愛はしないし、好きだと思っても諦めてきたんだが、なんでだろうな。高比良は違ったんだ。どうしても自分の気持ちを抑えられなかった」

男の清志郎に恋愛的な意味での好意を向けられても、渉は不快な気持ちにはならなかった。むしろ憧れの先輩に好かれていたことは純粋にうれしかったが、それがイコール恋愛感情に結びつくのかといえば、違う気がする。

渉が自分の思いを素直に伝えると清志郎は「わかった。忘れてくれ」と言い、話はそこで終わった。

清志郎は渉に思いを告げたことで気持ちにケリがついたのか、その後も、これまでとなにひとつ変わらない態度で渉に接してきた。

告白されたのも夢だったのではないかと思えてきた。もしも渉が偏見を持っている男だったら、変な噂を流していたのかもしれないし、そもそも見込みがないとわかっている上で、リスクを冒してでも渉に気持ちを伝えたいと思える存在だったのか。

好きだと言われる前とあとで、清志郎を職場の先輩として慕う気持ちに変わりはない。ただ、清志郎に対する見方が変わっただけで。

清志郎が仕事のアドバイスをしてくれるとき。ちょっとした手助けをしてくれるとき。そこに渉への好意が含まれているのだろうか。断った渉に気をつかわせないように気づかってくれているとはいえ、まるでなかったことにされて、かえって渉のほうが清志郎を意識するようになった。

好きだって言ったくせに。あっさりしすぎだろ。

清志郎が渉にたった一度だけ見せた照れ笑いの顔を忘れられないまま一ヶ月二ヶ月と過ぎていくうちに、渉は小さないら立ちを感じるようになった。

その気持ちの正体になかなか気づけず、いらいらが最高潮に達した頃、渉と清志郎の帰宅時間が偶然一緒になった。やはり普段と変わらない清志郎に、渉はなぜか不満よりも焦りを強く感じて、思い切ってこれまでに感じた疑問や自身の気持ちをぶつけてみた。

「御堂さん。……あの、なんで見込みがないってわかってるのに、俺に、その、こ、告白したんですか？」

しどろもどろになりながら尋ねる渉を、清志郎が不思議そうな顔をして見つめている。

「御堂さんがゲイだって聞いて、俺、すごく驚いて……、でも、バラされるかも、とか思わなかったんですか？」

「高比良が、ゲイってだけで俺のことを拒絶する男じゃないと思ったからだよ。公言できないけど、高比良にはありのままの自分を知ってほしいと思ったし、俺の思いに応えるのは無理でも、事実は事実として受け入れてくれるだろう、って期待もあったんだ」

「拒絶なんてしませんよ」

涉の言葉を聞いた清志郎の目が細くなる。とても優しい顔をしていて、涉の体温が上がった気がした。

「振った罪悪感があるなら気にしなくていい。ノンケとうまくいくなんて、最初から思ってないんだ」

「御堂さんはダメモトで気持ちを吐き出してすっきりしたのかもしれませんけど、俺はあれから、ずっと先輩のことを意識してしまって……、いや、意識っていうか、心に引っかかっているっていうか……」

清志郎に告白されてからというもの、胸の中でくすぶっていたものの正体を、涉は自分の言葉で自覚させられた。答えはとてもシンプルだった。

出会ってわずか数ヶ月なのに。お互いに、仕事以外のことなどほとんど知らないのに。そもそも清志郎は男なのに。

一瞬にして顔が赤くなった涉を見て、清志郎は唇の端を持ち上げた。

「もうひと押しすれば、考え直してくれそうな雰囲気だな」

「ち、違いますよっ。そういうんじゃなくて……」

涉は慌てて否定したが、言葉と表情が噛み合っていないのは自分でもよくわかっている。それでも素直に認められない。

「今から飲みに行かないか？」

「二ヶ月か……。思っていたよりも時間がかかったが、まあ、予想の範囲内だな」

渉が断るはずがない、と清志郎は確信したような、自信に満ちた笑みを向けてきた。その表情を見て、渉は清志郎の手の中で踊らされていたことにようやく気づいたが、もう遅い。渉の心はもう、とうに清志郎に捕まっていたのだ。

「え？」

「好きだよ、高比良。一度振られたぐらいで忘れられるような軽い気持ちで告白したと思っていたのか？　見くびるなよ。俺はしつこいんだ」

二度目の告白をされたときに、渉の心は清志郎に向けて急速に傾いた。

仕事帰りの会社員が行き交う雑踏の中で、渉は世界に清志郎と二人しかいないような気分になった。周囲の声も車の音も、雑音はなにも聞こえない。清志郎のうれしそうな声だけが、渉の心に響いた。

ほどなく、渉と清志郎は付き合い始めた。

男との恋愛は、恋心と友情とを同時に育めるような、男女の関係よりも強い絆で結ばれるような、そんな居心地のよさだった。渉が入社した翌年には、清志郎は国際事業部に異動となり、会う時間は減ってしまったが、良好な関係が続いた。

そう、あの話を聞くまでは。

渉と清志郎が付き合い始めて一年半が過ぎ、社会人二年目が終わろうという時期に、二人の関係に転機が訪れた。

昼休みになり、屋外に出ていく社員たちに混ざり、渉は通路を歩いていた。

「ええ？　嘘でしょう？」

後ろを歩く女子社員たちが急に大きな声を上げて、渉はびくっとした。

「御堂さんってさ――」

普段の渉なら、女性のおしゃべりなど聞き流していた。それができなかったのは、会話の中に清志郎の名前が出てきたからだ。

「御堂さんて本当にかっこいいよね。若いのに落ち着いてて頼もしいし」

「イケメンで社長令息で、性格もいいし、文句なし」

渉は歩く速度を緩め、意識を背後に集中させる。

恋人の渉の目から見ても、清志郎はいい男だ。家柄だけではなく、見た目も抜群だった。顔はもちろん、中高大とスポーツを続けていたせいか、男の渉でも惚れ惚れするほどの体格のよさだ。さらに仕事ができて社内での信頼も厚く、何拍子もそろった男だった。女子社員たちにも人気があるのも当然の話だ。

「でもさぁ、御堂さんが婚約って本当なの？」

――婚約？

恋人を褒められて誇らしい気持ちになっていた渉は、冷や水を浴びせられたような気持ちになった。思わず足を止めそうになったのを無理やり動かし、背後に悟られないよう気をつかいつつ耳をそばだてる。

「本当だって。その婚約者っていうのが私の大学時代の友達で、昨日久しぶりに会ってお茶してたときに本人から聞いたんだもん。A社の社長令嬢なんだよ。ふわふわってしてて、本物のお嬢様、って感じの子」

――清志郎が、A社の社長令嬢と婚約？

渉は動悸が激しくなった。体中が心臓になったように、どくどくと心音がうるさい。

女性社員の勘違いではないのか？　だって、清志郎はそんな素振りすら見せたことがなかった。

聞き間違えただけだ。

と渉は自分に言い聞かせてはみたものの、よくよく考えてみると、心当たりがなくもなかった。

最近、清志郎との時間が持てていなかった。国際事業部はエリートコースで、とくに忙しい部署だ。

これから出世をしていく清志郎の邪魔をしたくなかったし、そもそも男同士の付き合いなんて、親しい友人でも用事がなければメールや電話などはしない。昔の彼女たちはマメにメールをしないとむくれた。私のことが好きじゃないの、と言われて、メールの回数が愛情の証明なのか、と反発したかったが、火に油を注ぐのがわかっているので言わなかった。

その点、清志郎とのさっぱりとした付き合い方は、とても楽だった。会えないときにメールをくれない清志郎を、薄情だとは感じなかった。男というのはひとつのことにしか集中できない生き物だと思っている。仕事をしているときには仕事のことだけを考えたい。それを清志郎はわかってくれるし、渉も清志郎を理解できる。

だがたまにしか会えなくても、清志郎は疑いようのないほどの愛情を渉に向けてくれたし、渉もそれ以上の愛情を清志郎に返した。

男と付き合う戸惑いはいつしか消えて、清志郎が隣にいることが当たり前になっていた。清志郎を心から大切に思っていたし、いい関係だと思っていた矢先に降って湧いた婚約者騒動。まさに青天の霹靂(へきれき)だった。

「A社って日本最大手の化粧品会社じゃない。すごいね。やっぱり上流階級の人間って、同じ階層の人とまとまるわけね」

いつの間にか足が止まっていた渉を、女性たちが「庶民には遠い世界の話だね」などと笑いながら追い抜いていく。

嘘だ。だって清志郎は女性を愛せる男ではないのだから。

渉は女性たちの背中を呆然と見つめる。

男を相手に戸惑ってばかりの渉を、清志郎は大切にしてくれた。愛していると何度も言ってくれた。

家柄や見た目が派手なわりに誠実な清志郎の思いを、渉は身をもって感じていた。

そんな清志郎が自分に黙って結婚の話を進めていくなんて、とても信じられない。本人から直接聞くまでは、渉は噂話など信じない。

だが、渉の思いとは裏腹に、苦い現実を突きつけられることとなった。

噂を聞いた日の夜に、近々会えないか、とメールしておいた。すると翌日、土曜日の午後に、突然清志郎が渉のアパートにやってきた。

事前に連絡がないなんて清志郎にしては珍しい行動で、たったそれだけのことで渉はぴんときてしまう。

玄関にたたずんだまま部屋に上がろうとしない清志郎に、渉のほうから切り出した。

「会いたいって言ったのは俺ですけど、なんだか別れ話でもしにきたみたいな顔をしてますね」

清志郎は突然投げつけられた渉の言葉に衝撃を受けたらしい。なぜ？　と言いたげな顔で渉を見る。

いつも自信に満ちていた清志郎の初めて見せる表情を見て、渉の疑念は確信に変わった。

「A社の社長令嬢と婚約したって話、聞きました。それは本当ですよね？　それを話していた子が、相手の女性の友人だそうで、彼女から直接聞いたみたいですよ。ってことは、婚約は決まったってことなんですよね」

ごまかされたくないから噂の出所を伝えた。そこまで突きつけられたら、清志郎だって逃げられない。

「……あぁ。父の勧めで見合いをした」

清志郎は渉の言葉を否定しなかった。

なんでなにも言ってくれなかったんですか？　なんでぎりぎりになって別れ話をするんですか？　なんで他人から婚約の話を聞かされなくてはならないんですか？

渉は次から次へと出てくる言葉を飲み込んだ。

清志郎が跡取り息子だということは、最初からわかっていたではないか。一般的に考えれば、いずれ結婚の話が浮かんでくるのも想定内だ。だが渉は女性を愛せない清志郎が結婚を受け入れるとはこれっぽっちも考えておらず、いつまでも清志郎と一緒にいられるのだと、そんな夢みたいなことを本気で信じていたのだ。

「結婚するから別れてくれ、ってことですよね」

「いや、話が進んでいることには違いないが、断るさ」

「相手の女性が友人に話したってことは、もう話はまとまっているんでしょう？　今さら撤回できるなんて思えませんけど」

「親には育ててもらった恩があったし、家を背負わなくてはならない立場で、言い出せずにここまで来てしまったんだ。たしかに撤回するのは簡単ではないが、無理なものは無理だ」

「もう、遅いですって」

結婚なんてしてほしくない。別れたいとも思ってない。けれど口から出るのは本音とは逆の思いばかりだ。

大企業同士の令息と令嬢が結婚するからには大きな意味があるだろう。それを清志郎一人の個人的な判断で覆してていいはずがない。それがわかるからこそ、清志郎を引き留めていいのかと迷う気持ちがある。

渉一人のために、すべてを捨てさせていいのか。

考えるうちに容量が限界を越えてしまい、渉の頭は真っ白になる。

清志郎がちらりと腕時計を見た。渉には、そんな些細な仕草すら受け流す余裕がなかった。

「時間が気になるようですね。予定があるようでしたら、どうぞ行ってください」

「急な話なんだが、今から二ヶ月ほど出張なんだ。欧州や北米の各支店や現地工場を回ることになっている」

「だからこのタイミングで俺に話をしたんですね。二ヶ月もあれば、ほとぼりが冷めると思ったんですか？」

嫌味など言っていないで、結婚なんてしないで、と泣いてすがればよかったのかもしれない。でも渉は男で、いち社会人だ。自分の気持ちよりも先に、清志郎の立場を考えてしまう。

そして清志郎も、やはり男だ。取り乱したり感情的になったりせず、淡々と話が進んでいく。清志郎は感情が昂っているときほど表情がなくなる。跡継ぎとして小さい頃から感情をコントロールするよう厳しく教育されてきた結果なのだ、と渉は思っている。

そんな清志郎を頼もしく思えたが、今はただ、悲しい。こんなときぐらい気持ちを激しくぶつけ合ってもよかったはずだ。だが渉も清志郎も、そういう付き合い方をしてこなかった。

「渉が不安になるだろうから、きちんと決着させてから話したかったんだ。だが急に長期の出張が入ったから。俺のいない間に結婚の話が渉の耳に入るかもしれないから、先に話そうと思った。立ち話ですまなかった。帰ってきたら、きちんと話したい」

「出張に行ってる間に、結婚の話はどんどん進んでますよ」

渉はため息混じりに言った。心ではもう、半分以上諦めている。

清志郎は嫌なことは嫌だと言う男だ。よく言えばリーダーシップがある、悪く言えば自分勝手。こうだと思ったら譲らない。自分が正しいと思っているからまず折れない。

こんな性格でも社内に敵がいないのは、無茶苦茶なことは言わないからだ。皆が清志郎の言うことに納得する。実際にそれで仕事がうまくいくから、皆、清志郎を賞賛する。

そんな清志郎が親の立場を考えたり、渉に謝ってきたりした時点で、この婚約はかなり重要な話なのだろうということは想像できた。断るつもりだという清志郎の言葉に嘘はないのだろうけれど、現実には、そんなに簡単なことではないはずだ。

付き合い始めてからずっと、清志郎は浮気ひとつしなかった。渉が今まで付き合ってきた女性たちとは比べものにならないほど清志郎を好きになったし、愛されていた実感もあった。これ以上ない相手に出会えたと、本気で思った。

だが清志郎の言葉を素直に信じて突っ走れるほど、渉は世間知らずではない。おそらく企業の思惑が絡んでいるだろうこの結婚を、渉一人の思いだけで壊していいはずがない。それに加えて「結婚」という言葉を持ち出されたことで、急に自分たちの関係に後ろめたさを感じてしまった。

二人の関係を打ち明けたとしても互いの両親には祝福してもらえるとは思えないし、カミングアウトすれば周囲から白い目で見られたり、好奇の目にさらされたりするだろう。当然、自分たちの関係を公にするつもりなどなかったし、人に言えない関係でも、渉は清志郎といられるだけでよかった。

清志郎との関係に終止符を打つときがくるなんて、想像すらしたことがなかった。ずっと一緒に生きていくつもりだった。なにがあっても清志郎がいれば大丈夫だ、と舞い上がっていた。

だが、恋の魔法はとうとう解けてしまった。

ひとつひとつ丁寧に、じっくりと、大切に積み上げてきたのに、崩れ去るときは一瞬だ。

渉は清志郎を真っすぐに見つめた。その瞳から、清志郎の気持ちが痛いほど伝わってくる。

結婚はしてほしくない。だが清志郎が背負っている大きな存在を放り出させるわけにもいかない。

一時の感情で、これから先、後悔し続けながら生きてほしくない。清志郎は御堂グループの跡取りなのだ。

「時間、大丈夫ですか？」

「あぁ、だが……」

歯切れの悪い清志郎など、見たことがない。

お互いにお互いの性格は知り尽くしている。おそらく清志郎は、別れを予感している。だから部屋を出ていけないのだ。

「庶民同士だったら、こんなふうに悩まなかったかもしれないですね。それか、俺が女だったら、俺と結婚してくれました？　いや、女だったら俺のこと好きになってないか。だったらやっぱり俺、男でよかっ……」

声が震えて、最後まで言えなかった。だがここで涙を見せたら、清志郎は飛行機を乗り過ごしてしまう。これから仕事に向かう人を引き留めるわけにはいかない。

「中学高校ぐらいだったら、勉強が手につかないことがあってもかわいいかもしれませんけど、いい大人なんだから、恋愛感情に踊らされて仕事を疎(おろそ)かにしたらみっともないですよ。尊敬できなくなってしまいます」

「渉……」

これは強がりでもなんでもなく、渉の本心だった。仕事をしているときの清志郎は頼もしくて、憧れの先輩だった。社会人になりたてだった渉は清志郎のような男になりたいと思ったし、憧れはいつしか尊敬へ、尊敬から恋心へと変化していったのだ。

「なんで……。なんで、見合いの話が出た時点で断ってくれなかったんですか」

最後の最後で、口から本音がこぼれ出た。

やむを得ない事情があるのだろうから、清志郎ばかり責めるわけにはいかないことぐらい渉だってわかっている。それでも、そう言わずにはいられなかった。嫌いになった、好きな人ができた、そう言われたほうがまだマシだった。

動き始めた歯車は、そう簡単には止められないということを、清志郎だってわかっているはずだ。親への思い。御堂家の跡取りという立場。同性愛者ということ。

様々な思いの中で、清志郎だってずっと悩んできたのだろう。清志郎は眉根を寄せ、ひどく苦しそうな顔をしている。清志郎にそんな顔をさせてしまったのは渉だ。

婚約、という結論が出ている今、そこに至るまでの道筋を責めても仕方がない。過ぎ去った時間は戻ってこないし、わざわざ掘り返して互いに傷つけ合うのもつらいだけだ。

渉は三和土（たたき）に下りて、うつむいたまま玄関のドアを開けた。

「早く行ってください。好きなところを挙げたらキリがないですけど、一番は、やっぱり仕事ができき

る先輩として憧れているんですから」

涉の言葉を聞いた清志郎は、ため息とともに「わかった」と返事をした。今はなにを言っても心に届かない、とようやく伝わったようだ。

「帰ってきたらまた話そう」

「話すことなんてないですよ」

「涉……不安にさせて本当に悪かった。だが結論を急ぐな」

「謝らないでください。仕方ないってわかってます」

清志郎がそう思っていたとしても、周囲が許さない。急に降って湧いた出来事に動揺していることもあるけれど、清志郎と清志郎の後ろにあるもの全部を背負う覚悟を、涉はどうしても持てなかった。

最初の段階で断れなかった清志郎に責任を押しつけて、自分は逃げようとしている涉の弱さを、清志郎には見せたくない。

涉は玄関のタイルを見ながら清志郎の腕をつかんだ。シャツを引っ張り、外に出るよう促す。飛行機の時間が差し迫っていたこともあったせいか、清志郎はこれ以上の話し合いを諦めた。

「じゃあな。時差があるから電話は難しいかもしれないが、メールはするから」

「帰国するまで連絡してこないでください。こんな状態でメールをもらっても、たぶん返事できませんから」

清志郎と別れる日がくるなど、考えたこともなかった。

「……わかった。だが俺は送るからな。返事は気が向いたときにしてくれ。もちろん、しなくてもいい」

清志郎は無理やりのどから絞り出したような声で言った。

問題を先送りしたまま仕事に向かうことに、少なからずためらいがあるらしい。

清志郎の苦しげな声を聞き、渉も胸が痛くなった。

別れるという選択で、本当にいいのか？

一瞬の後悔が頭をかすめ、渉はとっさに顔を上げた。だがドアは閉まってしまい、清志郎の姿を捕らえることはできなかった。

最後に記憶に刻まれたのは、苦いものを口に含んだような清志郎の表情だ。

清志郎はこれからしばらく海外を飛び回り、今以上に忙しくなるだろう。心残りになるようなことは、本来ならするべきではなかった。お互いに気持ちの決着をつけた上で、最後ぐらいは笑って見送ってやれればよかったのだ。

けれどこんな状況に置かれて、一体どれぐらいの人が冷静になれるというのだろう。少なくとも今の渉には、心の余裕などなかった。

風が吹いて、通路側の窓の柵にかかっていた傘が、かたんと鳴った。その音にはっとして、渉はとっさにドアノブに手を伸ばした。

清志郎はまだアパートの近くを歩いているだろう。走って追いかければきっとまだ間に合う。

渉は靴を履こうとしたが気持ちだけが先走ってしまい、慌てすぎてつまずいた。ドアに肩をしたたかに打ちつけ、あまりの痛みに、渉はドアノブを握ったままずるずるとその場にしゃがみ込む。

追いかけてどうするつもりだ？　結婚しないでくれ、と告げる覚悟もできていないくせに。

渉はドアノブから手を離した。

このまま終わらせたほうがいい。清志郎だって簡単に婚約破棄ができるとは思っていないからこそ、いつになく深刻な顔をしていたのだ。

最終的にはきっちりケリをつけなくてはいけないだろう。だが現時点では、先のことはまだなにも考えられない。二ヶ月後にどんな顔をして清志郎に会えばいいのかも。

ただ気持ちの部分だけを考えれば、時間が解決してくれるだろう。二ヶ月もあれば、おそらく、渉の怒りや悲しみも少しは和らいでいるはずだ。

お互いがそれぞれの道を歩んでいくために、きちんと気持ちに区切りをつけなくてはならない。

そう思っていた当時の気持ちに嘘はない。清志郎が帰国したら話し合いをするつもりでいたのだ。

だが、結局この日を最後に、渉が清志郎と会うことはなかった。

「なに怖い顔してんだよ」

からかうような日比野の声に、渉は我に返った。

日比野は胸にかかっていたジャケットを無造作に後部座席に投げる。

「仕事っつったって、今日の俺はサポートだったんだ。結局トラブルも起こらなかったんだし、ちょっと飲むぐらい別にいいだろ。泥酔したわけでもねえんだし」

「あれがちょっとですか？　まあ、別に、日比野さんのことでイラついてたわけじゃないですよ」

日比野は普段は気ままに行動するくせに、一方では所長でありながら部下の顔色をうかがったり、一応飲みすぎたことを反省する素振りを見せたりする。こういう素直さが日比野の魅力なのだろう。

社員たちもぶつぶつ文句を言いながらも、なんだかんだ言って日比野を慕っている。

「ふーん。イラついてたのは認めるんだな。で、なににイライラしてんだよ」

「ちょっと昔のことを思い出してただけですよ。たまに、夜中に突然嫌なことを思い出して枕を殴ったり、叫びたくなったりしませんか？」

「どうだかなぁ。年取ると鈍感になっちまうんだよな。朝起きたら知らない女が隣で素っ裸で寝てたりしたときには、叫びたくなることもあるけど。つか実際叫んだ」

日比野が静かな声で、渉を茶化す。普段は聞かない音楽を聞いていただけなのに、日比野は渉の心を察したのだ。

鋭いから隠してもバレてしまうだろうし、わざと明るく振る舞ってくれている日比野に、あまり気を遣わせたくなかった。

「そうやってだらしなさを装ってても、ちゃんとしているのはわかってますからね。この会社に誘ってくれたことも感謝してますし」

「人手が足りなかったからって、無理やりお前に来てもらったんだろ。感謝してんのはこっちだよ」

日比野は照れくさいのか、ぶっきらぼうに言った。けれど言葉どおりではないことを、渉は知っている。

「高い焼き肉ごちそうになった直後にいきなり、うちの会社こないか、なんて言われて、断りづらい状況でしたけどね。騙し討ちもいいところですよ」

「肉は関係ねえだろ。まあ、ちょっとは下心あったけど。ていうかお前、あっさり断ったじゃねえかよ」

たしかに渉は、その段階で日比野からの誘いを一度断っている。だが日比野が粘り強く交渉を続けてきたため、渉は根負けし、ほどなくして会社を辞めた。

前職と違い、今の仕事は勤務時間が不規則なので、電車で二駅、自転車でも通える場所に引っ越した。職場に近いのはかなり楽だ。

もうひとつ、この土地を選んだのには理由がある。二十三区でありながらも緑が多い。以前見たテレビ番組でこの街の風景が流れたときに住んでみたいと思ったのだ。

仕事と住まいを変えたことで、それがひとつの区切りとなった。携帯電話の番号もメールアドレスも、清志郎につながるものすべてを取り替え心機一転、渉は新しい生活を始めた。

これら不意打ちの行為がどれだけ清志郎を傷つけるのか、渉はわかっていた。だが清志郎の帰国を待って話し合いの場を持ったとしても、別れる別れないで平行線をたどるだろう。渉は清志郎にひどい言葉を投げつけてしまうかもしれない。衝突して、傷つけ合って、ボロボロになりたくなくて、渉は逃げることを選んだのだった。


渉が古めかしいたたずまいの喫茶店に入ろうとしたとき、内側からドアが開いた。店を出る客とともに、強めのコーヒーの香りが漂ってくる。いい匂いだ。

炎天下にいた渉は、ほどよい温度設定の店内にほっとした。

案内された席は、どっしりとした木製のレトロな二人掛けのテーブルだ。硬めのシートのソファも座り心地がいい。

注文を取りに来たウエイターにランチを頼み、待っている間に店の中をさりげなく見回す。ネクタイをしめた男性がカウンターの中で、コーヒーサイフォンでコーヒーを淹れている。客層はスーツを着た年配のサラリーマンがほとんどで、落ち着いた雰囲気だ。

かつて真夏でもスーツを着て仕事をしていた頃を、渉は時々懐かしく思うことがある。だが人と接するのが好きなので、様々なタイプの人たちと関われるこの仕事は自分に向いているし、転職の際にはかなり悩んだが、結果的にはよかったと思っている。

渉は水を飲んでひと息ついてから、窓の外を見た。目的の人は現れるのだろうか。

一条から受け取った報告書には、この店が義弥の行きつけだと書かれていた。義弥の職場に近いこともあって、ほぼ毎日ここでランチを食べているらしい。白々しいかもしれないが、渉は義弥と「偶然を装った再会」を試してみることにしたのだ。

電話やメールでやり取りしているとき、義弥のそばに清志郎がいるかもしれない、と思ったら積極的に連絡を取れなかったのも理由のひとつだが、偶然の再会のほうがより義弥の印象に残るだろう。

渉と清志郎は見た目も性格もまるで違うので、もしかしたら渉は義弥の好みではないかもしれない。だがよほどのことがなければ、好意を向けてくる相手に対して嫌だと感じる男は少ないだろう。義弥は明るく奔放なタイプということを考えて、日比野と相談した上で、渉のほうから積極的にアプローチしていく作戦を取ることにした。

そのためには、偽りとはいえ義弥に恋をしているような気持ちでいなければならないのだが、清志郎と別れてからもう六年も経っている。渉は恋の感覚をすっかり忘れてしまっていた。

男と寝られたのだからバイセクシャルなのかもしれない、と思ったこともあったが、男を恋愛の対象としては考えられなかった。清志郎だけが特別だったのだ、ということを、清志郎と別れてから今までの間で、嫌というほど思い知らされた。渉の心はあのときからずっと立ち止まったままだ。

ハーブチキンのサンドイッチを食べ終わる頃を見計らって、ウエイターがコーヒーを運んでくる。香りも味も渉好みで、仕事とは関係ないときにまたゆっくりと来たいと思った。

清志郎もコーヒーが好きだった。店の雰囲気もいいので、きっと義弥と通っているのだろう。

二度と会わないつもりで清志郎の存在を頭から追いやったというのに、再会したことで、最近なにかにつけて清志郎を思い出してしまう。

不倫をしているということは、清志郎と妻の関係はよくないのかもしれない。二人の間になにか事情があって妻公認の浮気なのかもしれないし、部外者が口を出すことではないけれど、清志郎の左手の薬指を見たとき、渉はひどくがっかりした。

六年も経っているから、自分にとって都合のいいように記憶が改ざんされてしまったのかもしれない。清志郎は浮気などしない誠実な男だと思っていたが、付き合っているときには、きっと自分が思っている以上に気持ちが浮ついていたから、渉は清志郎の本性を見抜けなかったのだろう。

あの頃の渉は若かったのだ。

「高比良君？」

ぼんやりとしていた渉は、呼びかけられてはっとして振り返った。義弥が立っている。

「こ、こんにちは」

「すごい偶然だね。俺の会社、すぐそこでさ、ここによく来るんだ。高比良君は、今日はどうしたの？　仕事？」

「え？　えぇ、まあ」

白々しい、と自分でも思ったが、渉は話を合わせた。

「食事、一緒にいい？」

「もちろん。どうぞ」

渉が返事をする前に、義弥は渉の正面に座った。にこにこと人懐こい笑みを絶やさない男なので、渉もつられて笑顔になる。

義弥も渉と同じランチを注文した。

「いつ連絡してきてくれるのかな、ってずっと待っていたんだよ。待ちくたびれて、今晩にでも電話しようと思っていたところなんだ。今日、ここで出会えたってことは、俺の思いが届いたのかな」

義弥がウィンクをした。気障ったらしい仕草にも嫌味やわざとらしさは感じられず、体に染みついているのだろう。さりげなくそういうことができてしまう義弥に、渉は恥ずかしくなってくる。

「この前はゆっくり話もできなかったしね。ジャケット、シミにならなかった？」

「全然、大丈夫ですから、気になさらないでください。ああいうのがご縁でこうしてお話しできているんですし、あれはあれでまあ、よかったんじゃないかな、なんて思ってます」

「たしかにそうだね。こういうのって、案外、運命の出会いだったりするんだよね。俺は人と人との出会いを大切にするタイプなんだ。せっかく知り合いになったのに、素通りするなんておもしろくないでしょ？　それに、なんだか高比良君とは気が合いそうだと思うんだよね」

義弥はうれしそうに目を細めた。

義弥が同性愛者であることを知らなければ、気障な男だという印象で終わっていただろうけれど、知っている以上、渉は義弥の言葉ひとつひとつの裏を考える。口説いているのか、そうではないのか。渉が仕掛けたことに対しての反応。どれも取りこぼさないよう、義弥の視線や表情、仕草をじっくりうかがう。

あまりにも渉が見つめていたせいか、義弥もじっと見つめ返してくる。ときめきはまったく感じはしないものの、居心地が悪くて、渉は卓上のグラスに視線を落とした。

なんとなく間が空いてしまい、気まずい。渉はコーヒーをひと口飲んで気を取り直して顔を上げた。

「ここ、いいお店ですね。いい香りに誘われて入ったんですけど。おいしいし、お店の雰囲気もいいし。僕の職場からはちょっと遠いんですけど、また来たいなって思います」

涉は少し話題を変えてみた。義弥の好みそうな会話。涉と気が合いそうだと思ってくれそうな内容、となると趣味の話が一番だ。

「ここは俺のお気に入りなんだ。高比良君もコーヒー好き？」

「好きですよ。といってもこういう専門店に入る機会はあんまりなくて、駅前によくあるチェーン店ばかりですけどね。サイフォンで淹れるコーヒーを実際に見たのは初めてで、見入ってしまいました。飲むのも初めてで」

話に乗ってきてくれたので、涉はもうひと押し、コーヒー愛好家の心をくすぐってみる。お気に入りの店を褒められれば、義弥も悪い気はしないだろう。

「豆がいいのか、香りが強くていい匂いですよね」

「いい豆を使ってるのもあるし、サイフォンで淹れてるのもあるんだよ」

「一条さんて詳しいですか？　豆についてはどうですか？　僕は酸味が強いのは苦手なんですけど、豆の選び方がわからなくて。この風味に近い豆なんて、わかります？」

涉はコーヒーカップに手を添えた。

器具が違うから同じ風味にはならないのはわかっているが、お世辞ではなく、家でも飲めたらいいと思ったのは本当だ。

「豆はここでも買えるよ。家ではフィルター？　だったらそれ用にひいてもらえるし。豆の専門店に行くのもいいかもね。世田谷にいいショップがあるんだけど、今度行かない？　器具もそろってるから、見るだけでも楽しいと思うよ」

「はい、ぜひっ」

「高比良君の休日っていつ？　カレンダーどおり？」

「いえ、うちは不規則なんです。休みがほしければ自分で調整しろ、ってスタンスなので」

「楽しそうな職場だね。じゃあ、仕事の都合が付きそうな日を教えてくれる？　俺は週末のほうが都合がいいから、できれば土日のどちらかの予定を空けてくれたらうれしいな」

「わかりました。調整してみますね」

とんとん拍子に話が進み、気が緩んだ渉の声は無意識に弾んだ。そんな渉を見て義弥はほほ笑み、また言葉を返してくる。

初めての別れさせ工作に不安を感じていたものの、今のところうまくいっている。きっと義弥も渉に興味を持ってくれているだろう。だから義弥のほうから誘ってくれたのだ。

楽しい時間を過ごしている途中で、義弥が震えるスマートフォンを取り出した。画面の表示を見てわずかに眉をひそめると、なぜかポケットにしまった。

「あの、いいんですか？　どうぞ出てください」

「いや、いいや。橘だったし。橘って覚えてる？　パーティーのとき少し話した、俺の仕事のパートナー」

唐突に清志郎の名前が出てきて、渉はカップを持つ手がびくりと震えた。カップとソーサーがぶつかり、不自然に音を鳴らす。

「覚えてますよ。だったらなおさら出たほうがいいと思うんですけど。仕事の話かもしれないですよ？」

渉は動揺を悟られないように、声を抑えて言った。

電話は一度切れたものの、すぐにまたかかってくる。急ぎの用事なのだろう。

義弥が渉に気をつかってくれているのかもしれないと思ったので、渉は視線で電話に出るよう促す。

すると義弥は肩をすくめながら、気乗りしない表情で電話に出た。

「その件は、適当にそっちでやっといてって言ったよね。デート中なんだから邪魔しないでよ」

義弥は小声で話しながら店の外に出ていく。

後ろ姿が見えなくなったと同時に、渉は長いため息を漏らした。

恋人に「デート中」だなんて言ってしまって大丈夫なのだろうか、と思ったら変な汗が出てきた。

清志郎自身が浮気をしているのだから、その辺はお互いに割り切っているのだろうか。そうは言っても渉は、なんとなく清志郎に義弥とデートしていると思われたくなかった。二人の間に割って入って引き裂こうとする邪魔者なのだから。

義弥は店の外で清志郎と話している。先ほどの義弥の言葉から推測すれば仕事の話なのだろうけれど、気になる。渉と一緒にいると聞いたら、清志郎はなにを思うのか。

清志郎を意識すると途端に緊張してしまう自分をどうにかしたい。どのタイミングで清志郎の名前が飛び出してくるのかわからないし、この先、義弥と頻繁に会っていれば、一度や二度は清志郎とばったり出会うこともあるだろう。義弥と関わるということは、その延長には常に清志郎がいるのだ。それを心に留めておかなければならない。

そわそわしながら待つこと一、二分。義弥は店の中に戻ってくるとカウンターの中の男性に声をかけ、支払いをしてから渉のテーブルにやってくる。すまなさそうな顔を見て、だいたいの状況は推測できた。

「すぐ戻ってこいって言われちゃったよ。コーヒーまだ飲んでなかったのにさ」

渉の想像どおりの答えだった。食後のコーヒーを飲んでから職場に戻る時間はないらしくて、残念そうだ。

「俺と交代で橘が休憩入るから、よかったら相手してやってよ。こっちに向かってるみたい」

「え？」

「近いうちに電話するから。高比良君もメールしてきてね。じゃあ、またね」

「ちょっと待……」

涉も慌てて荷物を持って席を立った。コーヒーはまだ半分ほど残っていたのでもったいなかったが、清志郎が来る前に店を出たい。

義弥がカウンターでテイクアウトにしたコーヒーを受け取り、店の外に出ると、ちょうど清志郎がやってきた。出入り口でなにやら話をして、義弥がこちらを指さす。その動きに合わせて視線を向けてきた清志郎は、涉の姿を認めるや目を見開いた。涉も腰を浮かせたまま動きが固まる。

義弥は電話でデートと言ったが、相手がだれかまでは伝えていなかったのだろう。涉がいると先に聞いていたら、清志郎は来なかったかもしれない。

義弥はガラス越しに涉に手を振って、早足で立ち去った。困惑する涉の元に清志郎が迷わずやってくる。清志郎の有無を言わせない威圧感に気圧(けお)されたのと、このタイミングで帰るのはあからさますぎて感じが悪いと思ったのとで、涉は腰を下ろさざるを得なかった。

「……どうも」

よそよそしい挨拶をすると、清志郎も席に着いた。

ランチタイムのピークになり、店内は満席だ。客の話し声でほどよくざわついているのに、涉と清志郎の席だけ空気が重苦しい。

「なぜ一条に近づくんだ。俺への当てつけか？」

清志郎の第一声がそれで、渉はむっとした。

「近づく、なんて言い方、失礼ですね。たまたま会っただけですよ」

渉は言葉を返した。

パーティーのときの渉の去り際の態度に腹が立っているのだろうけれど、最初から疑ってかかられてはたまらない。

だが清志郎への当てつけではないとはいえ、意図的に近づいているには違いないので、渉は少々焦りを覚える。

「なんで当てつけなんてしなくちゃいけないんですか。理由がありませんよ」

「たしかにな。理由があるとすれば俺のほうだ。なんで六年前、黙って姿を消したんだ。話し合いで解決できる問題だったのに、会社を辞めて一方的に連絡を断つなんて」

渉が反論すると、清志郎は過去に触れてきた。

「帰国したら相手ときちんと話をつけるつもりだって言ったじゃないか。俺は信用されていなかったんだな。がっかりした」

責めるような清志郎の言葉が、渉の胸に突き刺さる。

たしかに、メールは返ってこない。電話もつながらない。帰国したら渉は退職したあとで、おそらく清志郎は渉のアパートにも来ただろうけどすでに引っ越し済み。渉も逆の立場で同じことをされたら、腹が立ったり恨んだりしただろう。

だが渉に婚約の話をしなかったということは、清志郎だって渉を信用していなかったということではないのか。

当時の苦い記憶が蘇ってきて、渉は唇を噛みしめた。

「もう、終わったことをあれこれ言うのはやめてください」

渉は強い言葉で会話を終わらせた。

清志郎の言い分はわかるが、渉だってつらかったのだ。だが取り返しのつかない過去の出来事を持ち出して、今さらお互いを責めても仕方ない。義弥のことを抜きにしても、清志郎とケンカをしたいわけではないのだ。

渉が清志郎との関係を終わらせたのは、清志郎と御堂家、御堂グループという大きな存在を考えたからだ。清志郎と話し合わず、感情が先回りして一人で結論を出してしまったことについては、本当に悪かったと思っている。だが当時の自分の選択は、今でも間違っているとは思っていない。

実際に、清志郎は結婚した。会社を辞めたり起業したりと、その後の清志郎の生活は変化したようだが、結果的にはこれでよかったのだ。

「じゃあ、今の話をするか。仕事はなにをしているんだ？」

「お話しするつもりはないって言ったでしょう」

「人に言えない仕事をしているのか？　それとも無職なのか」

清志郎は妙に突っかかる言い方をしてくる。

知っているわけではないとは思うけれど、清志郎に「人に言えない仕事」と言われて渉はぎくりとした。だが、たぶん目は泳いでいない。

隠せば怪しまれるだけなので、渉は気持ちを落ち着かせてから、清志郎に名刺を差し出した。

社員は名刺を何種類か持っており、依頼者には社名の入った正式なもの、別れさせなどの工作で近づく対象者には仕事も名前も架空のものを、その時々で使い分けている。

今回は知り合いがいたので、名前だけが本物の名刺を作った。社名はなく、会社から支給されている携帯電話の番号と、会社で借りているウィークリーマンションの住所が書かれている。対人トラブルが起こりうる可能性のある仕事を担当するスタッフは、期間中は自宅に帰らず仮住まいする。

清志郎はポケットから電話を取り出すと、名刺を見ながら番号を入力し始める。ほどなくして、渉の携帯電話が震えた。ディスプレイには、懐かしい番号が表示されていて、渉は思わず目を細めた。

「……この番号は、嘘ではないようだな」

渉は電話番号を変えてしまったが、清志郎はずっと同じものを使っていた。

「疑うんですね」

「そうされても仕方ないとは思わないか？　メールアドレスは？」

「電話番号でやり取りできますよ」

清志郎が鳴らしたのは、会社から支給されているプリペイド式の携帯電話だ。任務が終われば使われなくなる。つまり、渉は近いうちに再び清志郎を傷つけることになる。そう思ったら心苦しさを感じた。

「どんな仕事なんだ？」

素っ気ない名刺を見て、清志郎は首を傾げる。

「運転代行とか、ゴミ屋敷のゴミ撤去とか、犬の散歩とか。結婚式の代理出席もしますよ。新郎友人として挨拶したり余興をしたりするんですよ。知り合いの便利屋の仕事を手伝ってて、仕事があるときに呼ばれるんです。派遣会社に登録していない派遣社員みたいな感じですかね」

職場を突き止められたくない渉の、最小限の嘘だった。あくまでフリーで仕事をしているアピールをすると、清志郎の眉間にしわが寄った。怪しげな仕事をしていると思ったのだろう。

大企業の経営者の息子で、今は起業して成功していて、という清志郎には、渉の気ままそうな仕事は理解できないだろう。

大企業から従業員数名の便利屋に転職したと伝えたとき、両親も清志郎と同じ反応をしたから、渉は驚かない。世間というのは、会社の規模や年収など、わかりやすい基準で判断するものだ。

「楽しいですよ？　所長はいい人だし、仕事でいろんな人に会えるし、給料も悪くないし、暑苦しいスーツなんて着なくていいし」

清志郎と別れてからの六年を否定されたくないし、誤解されたくもない。渉は毎日充実している。たとえ清志郎がいなくても。

「俺、そろそろ次の仕事があるんで、失礼します」

「待て。俺も出る」

「サンドイッチそろそろ来ますよ。それじゃあ」

刺々(とげとげ)しい自分にうんざりだ。渉は清志郎から目を逸らして席を立った。たしか伝票があったはずだが見当たらず、清志郎のサンドイッチを運んできた店員に尋ねる。

「伝票はありますか？」

「先に出られたお客様からお代はちょうだいしております。それと、こちらをどうぞ。お渡しするようお預かりしていたものです」

両手で包み込める大きさのパックを渡される。

「コーヒー豆？」

「はい、当店オリジナルのブレンドコーヒーです。ドリップ用にひいてありますが、よろしかったでしょうか？」

「え？　俺、頼んでないですけど。どなたかと間違っていませんか？」

首を傾げる渉に、店員はにこりと笑った。この豆は、義弥からのプレゼントだそうだ。

「どういうことだ？」

店員が立ち去ってから、清志郎が尋ねてきた。

「さっき、コーヒー豆の話をしてたからかもしれません。俺の食事代も払ってくれたみたいで。あの、一条さんに代金を渡してくれませんか？」

大した金額ではないとはいえ、申し訳なくて、渉はポケットに手を突っ込んだ。

「あいつが勝手にしたことだろう。払わせておけばいい」

清志郎は受け取りを拒否した。たった今まで険悪な状態だった相手からの頼まれ事など受けたくないのだろう。渉も軽率だった。

「わかりました。橘さんにはお願いしません。今度会ったときに自分で返します」

「今度？　いつの間に親しくなったんだ？」

「俺がだれとなにをしようと、橘さんには関係ないでしょう」

「苗字で呼ぶな」

「橘さんは橘さんでしょう。御堂さんって、旧姓で呼べばいいんですか？」

「俺の名前すら呼びたくないってことか」

だめだ。どんどん険悪になっていく。

なにもケンカをしたいわけではないのだ。けれどお互いの間にできた深い溝を埋めるには、六年という歳月は長すぎた。

「どうこう言っても仕方のないことを、いつまでもグチグチ言う人ではなかったはずです。橘さんは変わりましたね」

渉はため息とともに漏らした。

コーヒー豆をショルダーバッグにしまい、今度こそ席を立った渉に、清志郎が言った。

「お前もな」

投げつけられた言葉は棘となり、渉の胸に深く突き刺さる。

渉はなにも変わっていない。変わったのは清志郎だ。


清志郎とカフェでやり合った晩、渉はくさくさとした気持ちを抱えながらも義弥に電話した。ごちそうになってしまったお礼を言い、そのついでに豆や道具の相談をしているうちに、次に会う約束を取り付けることに成功した。

仕事でつながりがあるわけではない相手と、最初の出会いから半月で、三度会った。

工作期間中は相手を本気で好きになれ、という日比野からのアドバイスを参考に、渉は電話やメール、直接会ったときにも、常に義弥のよさを探すようにした。

忙しいはずなのに、渉のために週末の時間を空けてくれたのかと思ったら素直にうれしい。恋をしている振りは充分にできているような気がする。

あとは、趣味なり服装なり、相手の好みに合わせるのも重要なポイントだ、と教えられた。

普段はTシャツにジーンズのラフな格好の渉だが、今日はポロシャツにコットンパンツにしてみた。襟がある分、少しはマシだろう。

渉が現在住んでいるウィークリーマンションの最寄り駅で待ち合わせをしたら、義弥が車で迎えにきてくれた。車にそれほど興味のない渉でも知っている高級車だ。

車を降りた義弥が助手席のドアを開けてくれる。渉はこんなふうに気が回らないし、女性的な扱いを受けて気恥ずかしかった。

車が走り出してすぐに、渉は先日の礼を伝えた。

「一条さん、先日はごちそうさまでした。それで、お代をお返ししようかと思ったんですけど、それじゃあんまりだと思ったので、今日の食事は僕に払わせてください」

「スーツを汚してしまったお詫びだよ。クリーニング代を受け取ってもらえなかったから、せめてあれぐらいはさせてほしいな」

「でも、一条さんが――」

「仕事で付き合ってるわけじゃないんだから、他人行儀な呼び方はやめてほしいな、渉君」

運転中の義弥は、横目でちらりと渉を見た。唇の端は持ち上がり、機嫌がよさそうだ。

義弥は容姿や性格がよく、家柄もよければ起業する才能もある。この世にこんないい男が存在していいのだろうか。相手を選び放題だろうに、渉に付き合ってくれる理由がわからない。

「一じょ……、えっと、義弥さんてモテそうですよね」

急に下の名前で呼ぶように促され、渉はその名を口にしながら顔が熱くなった。恋をしているわけではないのに、なぜかドキドキするのは義弥の言動ひとつひとつが恥ずかしいからだ。

「そんなふうに見える？　そうでもないんだけどね。みんなあんまり俺に本気になってくれなくて、毎晩寂しい思いをしてるんだけどな」

「そんな冗談は信じられないですよ。でも、その話が本当だったとしたら、義弥さんは総合的に見てほぼ完璧だから、相手が尻込みしてしまうんじゃないでしょうかね」

「冗談じゃないって。本当に寂しいんだよ？　だから渉君がこうして俺の隙間を埋めてくれるからうれしいよ」

相手を褒めて気持ちよくする、というのは気を引くためには有効なので、渉はとにかく義弥を持ち上げている。義弥がいい男なのは間違いないが、渉のこれまでの恋愛で、好きだと思いを伝えることはあっても、相手への賛辞をストレートに告げたことはなかったから、言うたびにむずむずする。

自分の生活圏で生きていると、同じような価値観や生活環境の人間とばかり付き合うことになる。だがこういう仕事をしていると、渉が普通に生活していたら一生人生が交差しないだろう人たちと出会うことができるのだ。そのおかげで違う価値観を知り、自分という人間が成長できる。渉がこの仕事をするようになって一番メリットを感じるのはこの点だ。

逆にデメリットは、と思った途端に清志郎の顔が頭をかすめた。時には人を騙さなくてはいけないこともある。

清志郎とはとっくに終わっている、これは仕事なのだ、とどれだけ自分に言い聞かせても、清志郎を騙すことに罪悪感が頭にちらつく。

別れる直前のやり取りは今思い出しても心が痛む。再会してからの清志郎の態度も、それに対しての自分の反応にも腹が立つ。清志郎と関係を修復していくわけではないのだから、遠慮せずに義弥と引き離してしまえばいい。不倫をするような男に情けは無用だ。別れていなければ、義弥のポジションにいたのは渉だったのかもしれないのだから。

当てつけか、と清志郎が聞いてきたとき、渉は否定した。そんなつもりはこれっぽっちもなかったが、結果的に、今渉がしていることは、そういうことなのだ。

涉は恋人を失ったときの悲しみを経験しているし、一度は愛した人を、そう簡単に嫌いになれるわけもなく、迷いの日々だ。

清志郎の名前が上がるたびに涉は立ち止まり、その都度自分の心をごまかし続けていくのだろうか。

「涉君？　車酔いした？」

名前を呼ばれて涉ははっとした。黙ったままうつむいていたので、誤解させてしまったらしい。

「い、いえ、大丈夫です。ちょっと考え事をしてて……」

「俺のことを考えてくれていたのかな？」

「どうやったらそういうことをさらっと言えるんですか。聞かされるこっちが恥ずかしくなってきてしまいますよ。なんだか口説かれてるような気分になってきてしまって」

涉は手で顔をあおぐ。

「ような、じゃなくて、口説いてるんだけど？」

「くど、……恋人はいないんですか？　義弥さんに恋人がいないなんて思えないんですけど」

「いないってば」

間髪入れずに否定したので、涉は驚き義弥の横顔を見つめた。

義弥はしれっと嘘がつけるタイプなのだろうか。

真意を探りたかったが、運転中の横顔では判断できない。

「渉君にとって、俺ってそんなにいい男？」

楽しげな表情の義弥を見ていると、とても嘘をついているようには見えなかった。

一条家は裕福なので、義弥の母親はそれなりの探偵事務所を選んでいるはずだ。また時間とお金をかけて徹底的に調べ上げているだろう。

その線は薄いとは思うのだが、もしかしたら探偵事務所からの報告そのものが間違っているのかもしれない、ということも念頭に置いておいたほうがよさそうだ。

または不倫は悪いことだという自覚があるから、清志郎を恋人としてカウントしていないのか。

穏やかで人当たりのいい分、義弥の表情や口調、仕草などから情報を読み取るのはなかなか難しい。感情をストレートに表に出す清志郎のほうが、よほどわかりやすい。

もしも渉の予想が当たっていたとするならば、一条からの依頼を継続する意味がなくなってしまう。疑念が浮かんできた以上、最初から洗い直したほうがいいのではないだろうか。あとで日比野に報告をしておこう。

「そんなにじっと見つめないでよ。俺が気になる？」

渉があまりにも長い間横顔を見ていたため、義弥が茶化してきた。

そんなことありませんよ、と普段の渉なら正直に否定するのだが、むしろ今回はチャンスだ。

「ええ。そうじゃなかったら、わざわざ休日に一緒に買い物したいなんて思いませんから」

言い慣れない台詞を吐いたせいか、腕にさっと鳥肌が立った。義弥は肌をこする渉を見てエアコンの温度を上げた。特別寒かったわけではなかったのだが、義弥の気づかいを無駄にしないために礼を言った。

信号が赤になり、義弥がこちらを向いた。探るような目で見つめられてどきっとする。なにか間違った対応をしてしまっただろうか。長期戦だし、やり方を間違えると工作が失敗に終わってしまうので、渉はひと言ひと言、言葉を発するたびに緊張していた。

「な、なんですか？」

「あえて公言はしないけど別に隠してもいないから聞くけど、渉君は俺がゲイだってわかってて言ってる？　最初の頃は誘われているのかなって思ってたけど、でも渉君の言動とかさ、いろいろ見たり話したりしていると、とても同志には思えないんだよね。俺の推測は間違ってるかな？」

早速見抜かれ渉はごくりとのどを鳴らした。

そんなにわかりやすい態度だっただろうか。

ふわふわしているように見えて意外に人を見ている義弥にうろたえながらも、渉は言葉を返す。

「俺はゲイではありません。でも、義弥さんと話すのは楽しいし……」

渉は義弥を見つめたあと、すっと目を逸らした。

義弥の気持ちを自分に向けるための演出をしている自分が滑稽だった。なにかするたびにいちいちぞわぞわしていたら、身も心も持たない。本気で義弥を好きなつもりでいるけれど、同時に、どこか遠くから演じている自分を見ているような気持ちにもなっている。

義弥の視線が渉に向けられているのを視界の端で感じていたたまれなかったが、義弥が動くと同時に車が走り出したので、渉はほっとした。

「橘がさぁ――」

しばらくの間続いていた沈黙を、義弥が打ち破る。

「えっ？」

清志郎の名前を出されて渉は声が裏返る。怪しさ満点の反応をしてしまい、わきに汗がにじんだ。

「あいつのこと、気になる？」

義弥の横顔は、温厚な笑みをキープしている。悠然とした笑みが義弥の心を読ませてくれず、渉は急に不安になる。

渉と清志郎がかつて恋人同士だったこと。または義弥と清志郎を別れさせようとしていること。もしかしたら義弥はなにか気づいているのかもしれない。わかっていて泳がせているのか、と疑心暗鬼になる。

「橘はいい男だもんね。見た目も中身も」

「そ、そうですかね。好みの問題だと思いますけど。義弥さんはああいうタイプがお好みなんですか？　もしかして、公私ともにパートナーとか」

清志郎と義弥が恋人である事実がほしくて、渉は誘導してみる。

「まさか。俺はああいう横柄な男は無理。俺の好みはね、渉君みたいに素直で明るい子」

会話にすかさず口説き文句を挟み込んでくる義弥にドキドキさせられながらも、渉は質問を続ける。

「共同経営者なのに？」

「もちろん仕事のパートナーとしては最高の男だと思ってるよ」

義弥の言葉をそのまま受け取れば、二人は恋人同士ではない。義弥はゲイだということを隠していないようだが、清志郎は家の問題で同性愛者であることを表に出せないのだろうから、義弥が気づかっている可能性がある。

そう思ったら、義弥のこれまでの恋人がいないというアピールも納得がいく。

「あ、噂をすれば、ってやつかな」

話の途中で、センターコンソール下の小物置き場にあった義弥の携帯電話が鳴った。着信音の個別設定をしているらしくて、義弥はその音で相手がわかったようだ。

「今日は電話してくるなって言っておいたんだけどな。渉君、ちょっと出てくれない？」

「え？」

「渉君を拾う前に用事があって会社に寄ったんだけどさ、その件かも。用件聞いておいてくれる？」

「で、でも……」

「私用だったら無視しちゃってもいいんだけどさ、もしも仕事が絡んでいたら、あいつは俺が出るまで延々とかけてくるしつこい男なんだ。せっかくのデートを邪魔されるのは一度だけにしてほしいんだよね」

ウィンクでお願いされて、渉は渋々電話を手に取った。

恋人がほかの男と出かけていると知ったらおもしろくないだろう。まさかわざと煽っているのか、と首を傾げたくなるほど、義弥は清志郎にたいして無防備だ。

「……はい」

『渉？』

たったひと言で、清志郎は渉の声がわかったらしい。渉も同時に、電話を通して聞く清志郎の声を懐かしく感じ、思わず返事してしまいそうになる。

受話音量が大きかったので、耳から少し離して話を続ける。

「一条さんの電話です。運転中で出られないので、用件を聞いてほしい、とのことです」

『なんで一条といるんだ？　渉、あいつは――』

「ご用件は？」

取りつく島のない渉に観念した清志郎は、電話の向こうでため息をついた。

『持っていった書類の中に、水色の封筒が混ざってないか確認してほしい。もしもあったらすぐに職場に持ってくるよう伝えてくれ』

清志郎に聞かれたことを義弥に告げると、後部座席のバッグを見るよう言われた。

「これのことですか？」

渉が差し出した封筒をちらりと見て、義弥はため息をついた。信号が赤になったタイミングで渉から電話を受け取る。

「俺が持ってるわ。これ、絶対に今必要？　夜でもいいよね？」

『お前が夜でいいと言うなら、俺は別に構わないが。その代わり、俺は責任取らないからな』

渉はどきっとして義弥を見た。受話音量が大きくて二人の会話の内容が丸聞こえだったのだ。

さっきの渉と清志郎のやり取りも、義弥に聞かれてしまった可能性がある。いや、もともと小さな音が聞き取りにくいから、受話音量が大きかったのだろう。そう自分をごまかしてみるが、渉は動悸が激しくなってくる。

知り合いだったのに隠していたことを知られたら、義弥に怪しまれてしまう。昔付き合っていた人で、別れ方がよくなかったからつい他人の振りをしてしまった、と言えば義弥は納得してくれるだろうか。

電話が終わったあとのことを考え、渉は頭の中でシミュレーションを開始する。

「わかったよ。すぐ戻る」

　義弥は面倒くさそうに言い、電話を切った。

「またかかってきたら鬱陶しいから電源落としておこうかな。渉君、申し訳ないんだけど、今から会社に戻っていいかな。俺がうっかり持ってきちゃったこの書類がどうしても必要らしいんだよ」

「え、ええ。もちろん。ドライブの時間が増えたと思えば楽しいです」

「ありがとう。そういうふうに言ってもらえてうれしいよ」

　義弥は適当なところで方向転換し、今まで走ってきた道を引き返す。

　清志郎についていつ切り出されるか、はらはらしながら待つが、義弥は一向に触れてこない。

　ひょっとしたら義弥は運転に集中していて渉たちの会話など聞こえていなかったのかもしれない。

　いや。でも。義弥は渉を試しているのか？

　生殺しにされて、渉は冷や汗をかき始める。思い詰めてうつむいていたせいで車酔いしたのか、次第に気分が悪くなってくる。

　別れさせ工作は渉に向いていない、と日比野が言っていた理由を、渉は実際に担当してみてようやく理解した。日比野のように無遠慮でおおざっぱな性格の人間のほうが適しているのだろう。ひとつのことをいつまでも考え込んでしまう渉には、荷が重いのかもしれない。一度や二度ならば全力を注げるけれど、別れさせ屋に特化したスタッフにはなれなさそうだ。

引き返して十五分もしないうちに、見たことのある景色が戻ってきた。過去に一度入った喫茶店の前に差し掛かると、義弥の会社は目と鼻の先だ。

「ところでさ」

——来た。

義弥に切り出され、渉は身構えた。ひざの上で拳を握りしめる。

「さっきの話の続きなんだけどさ、俺のことを意識してるって受け取っていいのかな？」

義弥は車を道の端に寄せ、会社が入っているビルの前で停めた。

「は、はい」

「俺は男だから、そんなふうに言われると期待しちゃうよ？　大切なことだから先に確認しておくけど、男と付き合うってどういうことか、わかってるよね？」

シートベルトを外した渉に、義弥が顔を寄せてくる。渉が無意識に体を引くと、サイドウィンドウにごつんと後頭部がぶつかった。

「ノンケの子って、そう簡単には男とセックスできないと思うんだよね。男とのセックスに興味があるんだったら、渉君は両方イケるタイプなのかな。男も女もイケる人って人生二倍楽しめてうらやましいよね」

キスの手前の状況でも、義弥の表情にはいやらしさがない。嫌味なぐらいにさわやかな笑みで迫ってくる。

義弥には恋人がいるし、心変わりさせるのは簡単ではないと思っていたのに、想像していた以上にあっさり転がってきたので渉は戸惑っている。

こんなに手が早い男だったなんて。

基本的に工作員はターゲットと性的関係を結ぶことはない。接触があったとしても、せいぜい手をつなぐ程度だ。だが義弥を拒否すれば、この先はないかもしれない。だからといってキスなんてしたくない。

前にも進めず後ろにも引けず途方に暮れる渉の背中に、ウィンドウが割れてしまうのではないかと思うほど強い衝撃を感じた。

慌てて振り返ると、険しい表情の清志郎が渉を見下ろしていた。

愛車を粗雑に扱われた義弥は、不満そうな顔をして、渉の背中にあるスイッチに手を伸ばした。窓を細く開け、無言のまま隙間から封筒を差し出す。

「ったく、ちょっとは気を利かせなよ」

ため息をつく義弥を、清志郎は冷めた目で見下ろしている。

清志郎は無言のまま封筒を受け取った。恋人がほかの男といちゃいちゃしていたら、だれだっておもしろくない。また、義弥が封筒を持っていってしまったことで、仕事にも遅れが出たのだろう。ぴ

りぴりとした空気を感じて、渉はいたたまれない。

「ついさっき日塚さんから電話がかかってきて、お前の居場所を聞かれた。連絡がつかない、とめちゃくちゃ怒っていたぞ」

「お前はなんて答えたんだよ」

日塚、という名前を聞いた途端に義弥の目が泳いだ。清志郎との電話の直後に電源を落としてしまったので、つながらなかったらしい。

「パーティーで知り合った男とドライブ中」

「お前……！」

「と答えたかったが、やめておいた。感謝しろ。さっさと連絡入れておけよ」

義弥が電話の電源を入れるや着信音が鳴った。おそらく日塚という人物からで、普段の義弥らしくなく慌てている。

「あの、急用でしたら、買い物はまた後日でも構いませんけど」

電話を終えた義弥に、渉は自ら申し出た。呼び出されたらしくて困っている様子だったのもあるけれど、渉自身がなんとなく体調の悪さを感じていたのも事実で、車を降りたかったというのが正直なところだ。

「渉君、本当にごめんんね。彼を怒らせると怖いんだ。今度、必ず埋め合わせをさせて」

義弥は助手席に回り、ドアを開ける。車を降りた渉の頰に、義弥はすかさずキスをした。

「一条！」

制止する清志郎にたいして、義弥が挑発的な笑みを浮かべながら車に乗り込んだ。

走り去る車のリアウィンドウを見つめながら、渉は手の甲で頰を拭う。恋人との関係に刺激を与えるためのスパイスとして、渉を使ってほしくない。一方的にキスをされたとはいえ、清志郎には見られたくなかった。

週末のオフィス街は閑散としていて、ちょうど昼食の時間だというのに静かだ。

本来ならここで立ち去るところだが、日塚という名前を聞いた瞬間の義弥のうろたえようを考えると、彼の存在が引っかかるのだ。

「日塚さんてだれですか？」

「日塚さんは一条の恋人だ」

「え？　恋人？　日塚さんて人が？」

突然新情報が出てきて動揺して、渉は声が裏返る。

清志郎が恋人ではなかったのか？

それとも渉が二人の間に割り込んできた理由に勘づいて、カモフラージュしているのだろうか。

いや、清志郎の性格を考えると、知った時点で黙っているとは思えない。人生の岐路に立たされた六年前はさすがに悩み、渉になかなか言えなかったようだが、あれは例外中の例外だ。

「ショックを受けているのか？　お前は一条に熱を上げていたようだしな。のめり込む前に忠告してやる。あの二人はくっついたり離れたりしながら長いこと続いているから、お前が割り込む隙はないぞ。一条は節操のない男だから、相手はしてくれるかもしれないけどな」

矢継ぎ早に言われて渉はぎょっとした。

日塚、という恋人らしき存在が本当なのか、現時点ではわからない。義弥に関する新しい情報を得られたことについては素直に感謝したいが、後半の部分は受け入れがたかった。なぜ清志郎にそんなことを言われなくてはならないのだろう。

「割り込む隙がないとか、余計なお世話です」

清志郎の目には、渉が義弥に好意を抱いているように映っているのだろう。第三者からそう思われているのであれば渉はうまく演じられているということになり、安心できた。が、それを清志郎に指摘されたくなかった。

なぜすぐに清志郎を絡めて考えてしまうのだろう。

義弥から奪おうとしている相手だから？

昔の恋人だから？

たとえそうだとしても、別に構わないだろう？　お互いにもう別々の人生を歩んでいるのだし、今さら清志郎にどう思われようと渉の知ったことではない。

そう思うのに、渉が義弥を好きなのだと、清志郎には誤解されたくなかった。

別れ際はすっきりしなかったたし、再会したときの状況もよくない。その上、少なくとも清志郎には渉がほかの男に舞い上がっているように見えている。

今はどうあれ付き合っていたときには、毎日が楽しかったはずだ。清志郎の頭の中にある渉との思い出の数々が、どんどん汚れていくようだった。最終的に真っ黒に塗り潰されてしまったら、清志郎の心から渉はいなくなってしまうのではないか。

清志郎の記憶の中できれいなままでいたいなんて、虫がよすぎる。

「キツい言い方をして悪かった」

沈む心とともに無意識に視線が足元に落ちていた渉に、清志郎が言った。本当に悪かったと感じているような、申し訳なさそうな声だった。

「だがお前こそ、どうしてずっといらいらしているんだ？」

「それは……、昔のことがあるからですよ」

ふと顔を上げると、清志郎は想像していたよりも穏やかな表情をしていた。

「渉は前に、終わったことをあれこれ言うのはやめろって言っただろう。だから、俺はそうすることにする」

渉は清志郎を不思議な思いで見つめた。昔と比べると、少し丸くなった。以前の清志郎は「譲る」という言葉を知らない男だったのだ。

ふわふわしている、という噂の妻の影響を受けたのかもしれない。

渉の知らない六年間を見せつけられて、胸がずきずきする。

「渉が自分でそう言ったんだからな。だったらお前も、過去は過去と割り切れ。お前が自分で選んだ道だろう。俺に当たるな」

清志郎はあごを持ち上げ高慢な顔をする。命令口調も健在だ。

反発する言葉とは裏腹に、渉の顔は緩んでいた。変わったように感じて切なくなったが、清志郎は
「な……にを偉そうに」

清志郎だったことにほっとした。

渉の表情が柔らかくなったのを見て、清志郎も唇の端を持ち上げる。

鉄の鎧で身を固めていたようにがちがちになっていた二人の間に、雪解けを感じた。

はっきり言うところは変わっていない。ずばり指摘されて気づかされることが多かったし、今もそうだ。終わったことだ、と言っていながらいつまでも過去にこだわり続けているのは渉自身だ。気持ちはそう簡単には割り切れないけれど、だからといって清志郎に当たっていいわけではないのだ。

好きだからと甘やかすばかりでなく、渉のそういうダメな部分をきちんと正してくれる清志郎が好

きだった。変わらない部分を見つけて、渉の心はあっという間に六年前に連れ戻される。当時のドキドキや戸惑いさえリンクして、心音が清志郎に伝わってしまいそうなぐらい心臓が高鳴る。

清志郎が腕時計を見る。

「渉、このあと予定はないだろ？」

「ええ、まあ」

清志郎の目の前で義弥との約束をキャンセルした以上、ごまかしは通用しない。

「これ処理しなきゃならないから、これだけやったら飯を食いに行くぞ」

清志郎は渉の目の前で水色の封筒をひらひらさせた。

「なんで……」

「なんで？　昔のことは引きずらないんだろ？　だったら久しぶりに出会った友人同士が飯を食いに行くことに、なんの問題がある？」

何気なく発せられた「友人」という清志郎の言葉を受けて、渉は頭を殴られたみたいにくらくらした。

昔のことをほじくり返して傷つきたくないという思いから、渉は清志郎に、終わったことをあれこれ言うなと告げた。でもそれは「昔のことはきれいさっぱり忘れましょう」という意味ではないし、今から新しい関係を作り上げていくつもりなどなかったのだ。

渉は自分の言葉にぎりぎりと締めつけられていく。

今さら友達になんてなれるわけがないのに。

清志郎の誘いに乗る必要はない。それじゃあ、と言って背を向ければいいだけなのに、なぜだろう。

渉の足は動かない。

別れたばかりの頃は、清志郎の顔を頭に思い浮かべるだけで胸が苦しくて、眠れない夜が続き、食事ものどを通らなくて、渉は自分の心に蓋をした。つらいことから逃げて、なるべく清志郎のことを考えないようにしながら生活しているうちに、渉はいつしか忘れたつもりでいた。でも、渉の勘違いだったようだ。

思いがけず再会して、ちょっとしたことで懐かしさを覚えたりときめいたりするのは、結局のところ、清志郎が嫌いになって関係を終わらせたわけではなかったからだ。

あのとき自分の心と向き合い、清志郎への思いを昇華させておけば、今になってこれほど動揺することはなかったのだろう。清志郎と再会しなければ、渉はこの先もずっと、清志郎のことなど思い出さずに生きていくことができたのに。自分の心をごまかし続けてきた結果がこれだ。

記憶を掘り起こされて、心まで過去に連れ戻されて、渉はぐらぐら揺れている。

——俺はなんのためにここにいるんだ？　清志郎と義弥を別れさせるためだろう？

渉はビルに向かって歩いていく清志郎の後ろ姿を視線で追う。

髪の毛は昔より少し短くなっている。

肩幅や体のラインなど、体型は変わっていない。

頭から下りていく視線の先、左手の薬指にプラチナのリングを見つけて、渉はふっと短いため息をつく。

清志郎はこれから、本当に渉と友人関係を続けていくつもりなのか。

当てつけているのか、という清志郎の言葉をふと思い出す。

渉はそんなことをしない。清志郎にその自覚があるから渉を疑ったのだ。当てつけているのは清志郎だ。

そんなふうに思わなければ、渉は清志郎の左手を直視することができない。


清志郎の仕事が終わるのを待って、清志郎の職場の近くの飲食店で食事をした。

よろこびの再会ではない以上、会話が弾まないのは当然だ。徐々に苦痛を感じ始めた渉を察したのか、清志郎は適当な頃合いを見て会計をした。おごられるのは嫌だから、と、渉は断る清志郎に無理やり半額押しつけた。

店の外に出るといつもよりも少しだけ涼しかった。強い日差しに高温と、日中はまだ夏が続いているものの、夜の気温は確実に秋の始まりを感じさせる。

「もう一軒行かないか？」

すっかり終わった気分でいた渉に、清志郎が誘いかけてくる。

「え？」

駅に向かおうと気持ちが急いていて、清志郎よりも数歩先を歩いていた渉は足を止め、振り返る。

清志郎は本当に、渉と友達になったつもりでいるのだろうか。

食事どころか二軒目にも誘ってくる清志郎の気持ちが、渉にはどうしても理解できない。

「いえ、もうそろそろ……」

「一条とは出かけられても、俺に付き合うのは嫌だ、ということか」

「そうじゃありませんよ。そっちこそ、なんで今さら……」

食事中の会話は弾まず、精神的に疲れるばかりだった。まともに話もできない二人なのに、これ以上一緒にいる意味があるのだろうか。

「次があるか、わからないだろう。お前は目の前のことから逃げるからな」

「次なんて……」

次なんてあるわけない。

渉は言いかけた言葉を途中で止めた。

言い返す前に、まずは清志郎の意図を読み取るべきだ。なぜ過去には触れないと言ったのか。なぜ渉を誘うのか。

「俺に突っかかってくるのは、俺を意識しているからなのか？」

「違いますよ！」

渉はムキになって言い返した。

「だったら構わないだろ」

清志郎は渉に考える時間を与えず、どんどん自分のペースに巻き込んでいく。振り回されているのではなく、渉が自分の意志で清志郎についていく。これ以上の付き合いは望んでいない、と伝えるために。友達にもなりたくない。

今度こそ決別するために、渉は誘いに乗ったのだ。

清志郎が選んだのは、地下にあるバーだ。店員の対応や内装、ドリンク一杯の値段から客層がうかがえる。

渉が普段入るような大衆居酒屋とは違い、付き合っていたときから清志郎に連れていかれる店は渉には敷居が高かった。だが清志郎との時間は、どんな場所だって渉にとっては特別だった。

カウンター席に案内され、渉は清志郎の左側に座った。

一軒目は会話が弾まなかったが、二軒目は店内の照明が暗めだったのと、清志郎が横に座っているので顔を見ずに済むのとで、渉の緊張も少しは和らいだ。それと、酒が入ったのもあるだろう。ぽつりぽつりと会話が生まれ始めた。内容は清志郎の会社立ち上げの経緯だったり、渉の仕事内容だったりで、お互いに六年前については触れなかった。気をつかいながらの当たり障りのない会話が、なんだか空々しい。

いつまでこんな茶番劇を続けるのだろう。

無理を感じているのは渉だけではないはずなのに。

今こそ、きちんと自分の気持ちに決着をつけ、清志郎と本当の意味で別れるべきだ、と渉は話を切り出すべく頃合いを見計らっていた。だが急に切り込むのも変な気がして、なかなかきっかけが見つからない。話題をひとつ振るだけで苦労したことなどなかったのに、時間が渉と清志郎を変えてしまった。

緊張が高まり長いこと力んでいたため、渉は自分でも気づかないうちにグラスに手を伸ばす回数が増えていた。

「ところで、渉に仕事を依頼したいときは、どうすればいいんだ？」

ただの雑談なのか、本気で言っているのか。清志郎の声だけでは判断できなかった。が、万が一本気だったら困る。

「仕事？　別にうちじゃなくたって、同じような会社は全国どこにでもあるんですから、そっちで頼んでくださいよ」

涉は即答した。

一条の依頼に決着がついたら身を引いて、当然、清志郎とも会わないつもりだ。必要以上に関わり合いを持ちたくない。

「涉のところに頼みたいんだよ。だが清志郎は断られても食い下がってくる。

六年間の空白を一気に飛び越えてこようとする清志郎に、涉は首をひねった。

本当に、単純に友人関係を続けるつもりで距離を縮めてきているだけなのか？

義弥のことや妻のこと、日塚という男の存在。わからないことが増えて涉の頭の中はぐちゃぐちゃだ。心に余裕がなくて、清志郎の些細な言動にすら過敏になっているのかもしれない。

涉はこんなにも意識してしまっているというのに、清志郎はまったくそんな素振りも見せず、一人空回りしている自分が滑稽だ。

涉はすぐに返事ができず、沈黙が生まれる。そのタイミングで清志郎がグラスに手を伸ばしたら、結婚指輪が視界に飛び込んできた。

「俺の部屋の掃除をしてくれよ。別に汚くて困ることはないんだがな。どうにも掃除が苦手で」

そのリングが、渉を現実へと呼び戻す。清志郎の隣に渉の居場所はないのだ。

今日を最後に、清志郎とはもう、個人的に会わないつもりだ。渉が今感じている思いをはっきりと伝えて、清志郎と後腐れなく決別したい。いつまでも過去を引きずったままでいたら、渉は先に進めない。いい加減、一歩前に踏み出したいのだ。

早くしろ、と渉は自分を叱りつける。

「うちはゴミ屋敷のゴミの運び出しとか、いつの間にか住人が消えたアパートの片づけとか、そういう大がかりな作業であって、ハウスキーパー業務はやってないんです。部屋の掃除は家事代行業者に頼んでくださいよ。そういうノウハウ持ってる専門業者がたくさんありますから」

「便利屋、っていうぐらいなんだから、なんでもやるんだろ？」

断られた清志郎は険しい表情と、棘を含ませた声で言った。

「まあ、そうですけど……」

渉も清志郎につられて同じ態度になる。

これまでは、家事代行の専門業者ではない渉の会社に依頼してくる人がいなかっただけの話であり、今後、仮にそういう話があったとしたら、日比野は引き受けるだろう。基本的に犯罪幇助（ほうじょ）や、免許や特殊な技術が必要な仕事の場合、または過密スケジュールでスタッフの空きがないときを除いて、日比野はほとんどの依頼を受けている。

　渉が清志郎との複雑な事情を話していない以上、もしも清志郎が正式に渉を名指しして申し込みをしてきたら、日比野は断らないだろう。それでは困るし、清志郎が引いてくれなければ、渉は日比野に本当のことを話してでも避けるつもりだ。その後、日比野にどんな目で見られるのかと想像するのも恐ろしいが、仕方ない。

「俺、レンジフードの掃除とかしたことないですし……」

「家事のエキスパートに来てもらいたいわけじゃない。換気扇の中まで本格的に掃除してもらいたいなら、とっとと家事代行業者を頼んでいるよ。お前に来い、と言っているんだ。こういうのも仕事のうちなんだろう?」

　清志郎の言い方は、友人だ、仕事だ、と無理やり理由をつけているようにしか思えない。このままでは、清志郎にいいように言いくるめられてしまいそうで、渉はさらに断る理由を探す。

「家庭に、仕事と称して昔の恋人を引っ張り込むなんて、最悪ですよ。橘さんがそんな人だったなんて、ショックですよ、俺」

「俺がどういう男なのか、お前が一番よく知っているだろう?　家庭なんて築けるはずがない」

「な、なんだよそれ……」

　渉はその先の言葉が見つからなかった。

あんぐりと開いた口に乾きを感じ、我に返ってグラスに残っていたビールを一気にあおる。

一秒でも早く去りたかった。

女性を愛せない清志郎は、当初は見合い相手と結婚するつもりがなかった。当時の清志郎のその気持ちに嘘はないだろう。だが渉が身を引いたことで、清志郎は最終的に親の敷いたレールに乗ったはずだ。指輪ももちろん、姓が変わったのがなによりの証拠ではないか。

結婚してほしくないという思いと、御堂家という大きな存在に引け目を感じたのと、それらの気持ちを行ったり来たりしながらも、最終的に渉が自分でエンドマークを打ったのだから、今さら清志郎を責めるつもりはない。むしろ責められても仕方がないと思っている。

御堂家に生まれてきたが故に、自分で自分の人生を選べなかったとしても、それでも清志郎が結婚という道に進んだ以上、けじめをつけて生きていってほしかった。

店内に客は何組もいるが、皆声を抑えて話しているので、人数のわりには静かだ。幸いなことに渉の隣には人が座っていないのだが、だれに聞かれるかわからないので声を潜める。

「い、家に俺を呼んでどうするつもりなんですか？　そもそもどうして俺に構うんですか？　もう、六年も前に終わった関係なんですよ。今さら蒸し返すのはやめてください。迷惑です」

「終わった、って思っているのは渉だけだろう？　いや、渉も終わったなんて思っていないな。本当にそう思っているなら、なんの迷いもなく俺からの依頼を引き受けられるだろう？　ムキになって断るのはなぜだ？　俺もバカじゃないんだ。もしもお前に恋人がいたり結婚していたり、俺に対してまったくその気がなかったり、それこそ敵意をむき出しにしてくるようなら、深追いするつもりはなかった。だが、お前が俺を拒むのは口だけで、心の中では俺を相当意識している。だから遠慮はしないよ、渉」

薄暗い店内でほほ笑んだ清志郎の目が、狙いを定めた獣のように見えた。急に牙をむかれた渉は、目を逸らした瞬間に飛び掛かられてしまいそうな気持ちになって体が固まってしまった。

清志郎はなにを言っているんだ？　本気で言っているのか？

返す言葉が見つからず、途方に暮れる渉の手に、清志郎が手を重ねた。

「や、やめてくださいっ」

渉はスツールから降りた。手を振り払った勢いでグラスが手から離れ、カウンターの上を転がる。清志郎が受け止めてくれたことで割れはしなかったが、店内に大きな音が鳴り響いて、渉は客からの注目を浴びてしまった。

「もう、本当に、これ以上……。あれ？」

立ち上がった途端に目の前の景色が回った。おかしい、と思って清志郎を見たら、顔がぐにゃりと歪(ゆが)んでいる。

「渉？」

水の中から外の音を聞いているみたいに、清志郎の声がはっきり聞こえない。

足元がふらつく渉は、毛布に包まれたような心地よさを感じた。ほっとした途端に気が緩んで、その温もりに身を委ねて目を閉じた。


頭を殴り続けられているようなひどい痛みを感じて目が覚めた。

渉は天井の柄を見て、すぐに自分の部屋でないことがわかる。

——ここはどこだ？

寝転んだまま首を動かして部屋の様子を確認してみたが、見たことがないので知り合いの家ではなさそうだ。

ひどい倦怠感(けんたいかん)にため息をつき、また深く呼吸をすると、薄い肌掛けから覚えのある香りがふわりと漂ってくる。枕やシーツにも匂いが染みついていて、その持ち主を教えてくれる。姿はないけれど、全身を抱きしめられているような気持ちになった。

ここは清志郎の部屋だ。

一体どうやってここまで来たのか、渉はまったく思い出せない。

涉は上掛けをまくった。サイズの合わないシャツやハーフパンツはおそらく清志郎のもので、着替えさせてくれたらしい。

状況から察するに、昨夜、酔い潰れた自分を清志郎が連れ帰ってきたらしい。

酒に飲まれてしまったことや着替えさせられた恥ずかしさよりも、今は服を着ていたことにほっとして、涉はまた、長いため息を漏らした。

しばらくしてからゆっくり起き上がった。床に足を下ろし、ベッドの端に腰掛ける。

日中、義弥の車を降りた時点で万全な体調ではない自覚があったので酒は控えるつもりでいたのだが、清志郎といると気詰まりで、涉はつい飲みすぎてしまったらしい。

言い争いをしたところまでは覚えているが、そこから先の記憶がまったくなかった。そのくせ覚えていたくないことだけは、詳細までしっかり覚えているのだ。清志郎の言葉ごと全部、忘れられたらよかったのに。

涉は室内を見回してみた。カーテンとベッドだけの簡素な寝室だ。

耳を澄ますが、ドアの向こうにも気配を感じない。

「……清志郎？」

ドアの外に向けて少し大きめの声で呼んでみたが、返事はなかった。

昨晩のやり取りのあとで、どんな顔で清志郎と向き合えばいいのか。まだ心の準備ができていなかった渉は安堵して、長い息を吐いた。

清志郎と再会してからの渉は、ため息の回数が増えている。ため息をつくたびに幸せが逃げる、なんて聞くけれど、実際にはきっと、すでに幸せが逃げてしまったからため息をつくのだ。

清志郎が昨晩渉に言ったことは、すべて本当なのだろう。酒の席だからと見過ごすことのできない真剣さがあった。かといってそれを受け止められるはずがない。

なにもかもを放り出して逃げたい気持ちはあったが、六年前の二の舞を踏むのは真っぴらだ。姿を消すにしてもきちんと清志郎を納得させてからでないと、また、堂々巡りになる。

それだけではない。たとえ偶然だったにしろ、清志郎は仕事でターゲットにしている義弥の相手でもあるのだ。日比野から仕事を任されている以上、余計なことに捕らわれて進展していません、という報告はできない。昨日、二度と会わないと清志郎に宣言したが、せめて日塚のことだけでもはっきりさせておかなければならない。

カーテンを開けると窓の外は快晴だった。今日も暑そうだ。

枕元に置いてあったデジタル時計を見たら、日曜日の正午だった。半日以上眠っていたらしい。幸いにして今日は犬の散歩などほかの仕事がなかったからよかったものの、飲みすぎてしまったからといって、他人の家で半日も眠ってしまうなんて、なんて愚かなのだろう。

アルコールが抜けきっていない重たい体を引きずり、渉は寝室のドアを開けた。すると目の前には信じられない光景が広がっていた。

「き……、汚い……！」

脱いだワイシャツが、リビングの椅子の背もたれに何枚もかかっている。洗濯済みであってほしい衣類は、ソファの上に山積みだ。テーブルの上にも、未開封の手紙と、ポストから一緒に持ってきたのだろうチラシが散乱している。床にはゴミの袋がいくつか置いてあり、一応、掃除をしようと努力をしている様子はうかがえた。

清志郎は片づけが苦手なのだ。実家では炊事洗濯をすべてお手伝いさんがしていて、清志郎はその手のことをしたことがないのだと言っていた。

昨晩、清志郎は渉に家事代行の仕事を依頼してきたが、単純に渉を呼びつけるだけの理由なのだと思っていた。渉の考えはおそらく正しい。けれどそれだけではなくて、気持ちの半分ぐらいは、本気でハウスキーパーを雇いたかったのかもしれない。

当時一人暮らしをしていた渉のアパートに清志郎が遊びにくると部屋が雑然とし始めたのは、今となってはいい思い出だ。完璧に思えていた清志郎の、ちょっと抜けた部分をとても愛しく感じていた。

結婚、という他人との共同生活が始まったのだから、少しはマシになったのかと思ったが、何年経っても片づけが苦手なのは相変わらずらしい。九月に入っても連日三十度を超すこの時期に、シンクに使用済みの皿が放置されていないだけよしとすべきか。

「雑誌とか新聞なんて、置き場所決めておいて、読み終わったら突っ込んでいけばいいだけなのに」

渉はぶつぶつ言いながら、床に落ちている雑誌や新聞を拾った。

ところで、清志郎もそうだが、妻の姿も見当たらない。仕事か、旅行やショッピングかなにかで外出しているのか。

家庭は築けない、とはっきり言ったぐらいだ。もしかしたら清志郎の結婚生活は破たんしているのかもしれない。

部屋の中を片づけているうちに徐々に体調がよくなってきて、頭が回るようになった。

便利屋の仕事のひとつに、部屋の掃除がある。水回りの掃除だったり洗濯だったりといった家事代行ではなく、住人が家賃未納で逃げたり孤独死したりした部屋の片づけや、ゴミ屋敷と呼ばれる家の中からひたすらゴミを運び出すなどの、大がかりで体力の必要な仕事だ。

何度も請け負っているうちに気がつくようになったのは、部屋は住人を表すということだ。

事前に住人がどのような人物だったのかを聞かされていなくても、部屋に入ってすぐに、まずだいたい男女の区別がつく。次にインテリアや衣類、持ち物などから、世代やパーソナリティーが大まかに判断できる。

それらの経験を踏まえて清志郎の部屋を見てみると、あまりにも素っ気ない、というのが第一印象だ。家具は最小限で、女性が好んで使いそうなインテリアが一切ない。寝るためだけに帰ってきているような、無機質な室内だった。

部屋が片づけられない女性ももちろんいて、清志郎の妻がそうである可能性も充分に考えられるのだが、でも、やはりここは完全に一人暮らしの男の部屋だった。

部屋はリビングと寝室だけで、おそらく単身者向けのマンションだ。新しくてきれいだし、二部屋とも広めの設計なので、渉にしてみたら充分に贅沢な住まいだが、清志郎ほどの家柄の男と、同じくお嬢様らしい妻が生活するには狭い気がする。

妻とは別居しているのだろうか。渉が想像していたとおり、結婚生活は本当にうまくいっていないのかもしれない。

家庭が冷めきっているのであれば、清志郎が外に逃げ場を見つけ出し、義弥と付き合うのも充分にあり得る話だった。

そこで引っかかるのが日塚という男の存在だ。

清志郎はきっぱりと、義弥の恋人だと言い切った。その存在に嫉妬しているようには感じなかったし、むしろ浮気性らしい義弥に呆れているような印象だった。

彼らがそう言うのだから、ゲイの世界では、同時に複数の相手と付き合うのはそれほど珍しいことでもないと受け取れなくもない。だがそもそも、清志郎と義弥が話をしているときに、恋人らしい雰囲気は感じられなかった。人前だし、他人の目を気にしていたからだ、と都合よく解釈するには決定的な要素が足りない。つまり、恋人だと知っている渉の目から見ても、とても相性がいいようには見えなかったのだ。

共同経営者として一緒に仕事をしているぐらいだから、仲が悪いわけではないのだろうけれど、本当に恋人なのかというと、首を傾げてしまう。

早く戻って日比野に相談しないと。

渉はソファの上の洗濯物を畳み、床に落ちているものは全部拾ってそれぞれの場所に戻した。家事代行などする気持ちはこれっぽっちもないけれど、汚いままの部屋を見過ごすことがどうしてもできなかった。

最後に、テーブルの上に手をつけた。手紙やチラシに混ざって、手書きのメモを見つけた。清志郎から渉宛てのメッセージで、紙と一緒にキーケースが置いてあった。

鍵を閉めたら玄関のドアポストに入れておいてくれ、と書いてあった。清志郎は今日も仕事らしい。鍵を置いていくなんて、無警戒すぎる。渉は一応、まだ信用されているようだ。

渉は鍵を手に取った。

この黒い革のキーケースには見覚えがある。清志郎と付き合っていたとき、といっても別れる直前だったが、当時清志郎が使っていた財布と同じブランドのものを誕生日プレゼントに選んだのだ。もしあのときに贈ったものなら、内側に清志郎の名前が刻印されているはずだ。

恐る恐るキーケースを開くと、そこにはローマ字で御堂清志郎の文字がある。

キーケースを持つ渉の手が小さく震えた。

柔らかくて手に馴染む革の状態を見れば、最近になって箱から出して使い始めたのではないことはわかる。渉が清志郎にあげたとき、目の前で早速鍵を取り付けて以来、ずっと使ってくれているような気がする。

使用年数を考えると、こすれて色落ちしていたり縫い糸が切れていたり、金具が壊れていたりしていてもおかしくないのに、そんな箇所はひとつもない。きっと壊れるたびに、清志郎は修理に出していたのだろう。

見てはいけないものを見てしまったような気持ちになり、慌ててキーケースを閉じた。

「なんで……」

渉は清志郎がいまだに渉からのプレゼントを使ってくれていることに、ひどくうろたえた。

キーケースそのものを気に入ったのであれば、修理を重ねるよりも新しく買ったほうが簡単だ。別れた相手からのプレゼント、しかも旧姓入りのものをいつまでも使い続ける理由もない。

それなのに。

なぜ？

妻がいるのに義弥と付き合ったり、さらに渉を家に呼ぼうとしたり。清志郎の行動は、渉にはわからないことだらけだ。

いや、深い意味などないからこそ、平気でふたりの思い出の品を渉に預けられるのだろう。少しでも渉の気持ちを思ってくれるなら、こんなことはしないはずだ。

そうだ。考えすぎだ。こんな小さなキーケースひとつで動揺させられるなんて。

渉は握っている手を振り上げた。

「……っ！」

せっかく清志郎が大切に持っていてくれたものを、腹立ち紛れに壁に叩きつけてどうなる？　それで気持ちが晴れるのか？

渉は突き上げてくる衝動をどうにかやり過ごし、行き場のなくなった手をゆるゆると下ろした。

次第に指先にしびれを感じ始め、運動もしていないのに呼吸が上がってくる。同時にめまいもしてすぐにしゃがみ込んだが、体勢を保てず冷たい床にうつぶせになった。手足のしびれの範囲はさらに広がり、頭がぼうっとし、渉は額や背中に冷たい汗を感じたまま目を閉じた。

意識を失うと思ったが、それには至らず、渉は仰向けになった。そのままじっとしていると次第に呼吸が落ち着いてきて、手足のしびれも弱くなってくる。

渉は手の甲で額を拭った。エアコンがかかっていたから暑くなかったのに、滴り落ちてくるほど大汗をかいていてぎょっとした。わきも背中もぐっしょりだ。

シャワーを浴びたかったが、他人の家のものを勝手に使うのは気が引ける。渉はとにかく早く出ていこうと思い、服を捜した。

洗面所に、バスタオルと一緒に渉のポロシャツとコットンパンツが置いてあった。週末だし、まとめて洗濯機に放り込んだのかもしれないが、普段は後回しにするだろう清志郎が渉の服をきちんと洗っておいてくれたことに驚いたし、うれしくもあった。

せっかくバスタオルを用意してくれた気づかいはありがたかったが、やはり家主がいないのに風呂を借りる気持ちになれず、渉はべたつく体を我慢してシャツに袖を通した。

家を出ていくときに、ドアの前で一度部屋を振り返った。廊下にまとめておいたゴミ袋をきちんと出しさえすれば、人を呼べる程度には片づいた。別に清志郎のためではない。昨晩、酔って意識を失い清志郎に介抱させてしまったお詫びだ。

渉は清志郎の部屋を出て鍵を閉め、手紙の指示どおりドアのポストにキーケースを入れた。

マンションを出て、通りがかりの人に駅の方向を聞いて大通りに出ると、渉は見慣れた景色にたどり着いた。会社で借りているウィークリーマンションではなく、渉のアパートの最寄り駅だった。

ただしお互いの住まいは線路を挟んでそれぞれ北口と南口とに分かれているので、距離にすると少し離れている。

渉と清志郎が同じ区内に住んでいたのは偶然なのだろうか。それとも清志郎が渉の所在を調べていた？

もしも後者なら、それこそ清志郎は「偶然を装っての再会」を実行していただろう。それに黙っていられるタイプではないから、渉を見つけ次第行動に出ているはずだ。

つまり、これは奇跡的な偶然なのだ。

とはいえ清志郎の実家は都内の高級住宅地で、ここからは距離がある。清志郎の職場が近いわけでもない。内装や部屋数を考えると妻が選んだとも思えない。そんな場所を、清志郎はなぜ選んだのか。

渉は引っ越すときに、たまたま日比野の会社が近かったということもあったし、住みたいと考えていたこともあってこの土地を選んだ。

——将来一緒に住むことがあればこの辺がいいですね。

二人でテレビを見ていたとき、たまたま流れた風景を見た渉が何気なく言った言葉を清志郎が覚えてくれていた、と考えるのは都合がよすぎるだろうか。

次々に明かされる清志郎の六年間の軌跡に、渉は戸惑うばかりだった。もしも渉の自惚れではなく、本当に清志郎が長い間、渉を思ってくれていたのだとしたら。

妻への裏切りを嫌悪する自分と相反する思いとの間で、渉の心は振り子のようにゆらゆら揺れて、しまいには一定方向に振り切ってしまいそうだ。

清志郎が義弥の恋人ではない可能性。日塚という男の存在。

渉が仕入れた情報は、清志郎の家を出たその日の夜に、日比野にメールした。前者は今のところ渉の推測によるものだが、日塚に関しては、義弥の恋人だということが清志郎の口から出たものなので信憑性(しんぴょうせい)が高そうだ。

メールを送って眠る直前に、渉は携帯電話をショルダーバッグに入れっぱなしにしていたことを思い出した。丸一日以上放置していたので、仕事関係の緊急連絡がきていたら大変なことになる。

渉は急いでバッグに飛びつき確認したところ、会社から支給されている携帯電話のほうに何件かの着信とメールがきていて焦ったが、幸いにも私信だけだった。

着信のほとんどは義弥からだった。渉が電話を取らなかったからメールをくれたらしい。土曜日に約束を急にキャンセルしてしまった謝罪と、埋め合わせをしたいから都合のいい日を教えてくれ、というものだった。

そして一番新しい着信は、清志郎からだった。留守番電話にメッセージが残っている。体調を気づかうのと、部屋がきれいになっていたことへのお礼だった。

電話になると素っ気ない口調になるのは今も昔も変わらない。

昨晩のことを思い出すと気持ちが沈んでしまうし、一番声を聞きたくない相手のはずなのに、渉は耳に心地いい低音を繰り返し再生した。

清志郎の連絡を揺さぶりと思うか、社会人のマナーとして当然の行為だとするか。

いや、礼ぐらい素直に受け取ろう。

直接話をしたら昨日の話の続きになってしまいそうだし、深夜なので、渉は酔い潰れて介抱させた謝罪と礼をメールで送った。

返事はくるのだろうか。清志郎の性格を考えると、やり取りが往復したからこれで終わりだ。お互いに、用事がないのにメールや電話をするタイプではなかったこともあって、付き合っていた当時もさっぱりしたものだった。

渉は携帯電話を充電器につなぎ、電気を消して横になった。明日は早朝から犬の散歩があるので、暗がりの中でアラームをセットする。

かかってくるかもしれない、と思ったら渉はなかなか寝つけなかった。携帯電話を開いたり閉じたりごろごろと寝返りを打ったりして時間をやり過ごすが、いつまでたっても着信音が鳴ることはなかった。

翌朝目が覚めたとき、右手に携帯電話を持ったままだった。そんな自分に呆れて小さく笑いながら、泣きたい気持ちになった。

新情報を日比野に送った三日後、日比野から呼び出された。担当している仕事を終えて職場に戻ったときには午後九時を過ぎていて、腹が減っているから、と駅前の居酒屋に連れ出された。個室なので、周囲を気にせず仕事の話ができる。

「メールでもお伝えした別れさせの件ですけど、一条と橘を別れさせる前に、根本から洗い直したほうがいいと思うんですよ」

席に着くや話し始めた渉に、日比野は眉根を寄せた。

「ビールも来ないうちから仕事の話かよ」

日比野は苦々しい顔のまま、ジーンズの尻ポケットからたばこを取り出し、火をつけた。唇の端にたばこを挟んだまま、卓上のタッチパネルを操作する。なにを食べるか、という相談をされたことはなく、いつも自分が食べたいものを勝手に注文してしまう男だ。渉はビールで構わなかったので、注文は日比野に任せて仕事の話を続けた。

「日比野さんのほうから俺を呼び出したんでしょう？　食事に付き合わせるためだったんですか？　違いますよね。仕事の話ですよね。仕事の話だって信じてますよ、俺は。だいたい日比野さんは飲んだら仕事にならないじゃないですか。酔う前にちゃんと働いてくださいよ。それで例の件ですけど。探偵事務所が調査したんだから、まず間違いなく橘が一条の恋人だろうとは思うんです。でも、万が一ということもあると思うんですよ。彼らを見ていると、俺にはどうもそうは思えないんです。だから日塚という男を――」

「うるせえなぁ。わかったわかった。ほれ」

油断すると日比野は飲み過ぎて仕事にならなくなるから、渉は隙を与えない。

とにかく用件をすべて伝えようとする渉に嫌気が差したらしい日比野は、渉の言葉を遮り、A4の封筒を差し出してくる。

「なんですか？」

渉が問いかけても、日比野は無言のままずいっと目の前に封筒を突きつけてくるだけだ。とりあえずは見ろ、ということらしいので、渉はそれを受け取り、中身を確認した。

「これは……！」

数枚の書類の一番上の紙に「日塚」という文字を見つけて、渉は思わず声を上げた。日比野はさっそく日塚について調べてきたようだ。

「高比良のメールだけでは日塚という男が何者かわからねえけど、とりあえず苗字で検索してみたら、ひとりだけ、著名人がヒットしたんだよ。日塚っていう若手の華道家、知らねえ？　たまにテレビにも出てるみたいだ」

「あぁ、なんとなく……。名前は聞いたことがあります」

「俺もそっちの世界のことはよくわからねえんだが、アレンジメントとか、なんかそっちのほうで異彩を放ってるらしいな」

「で、彼が義弥さんの恋人なんですか？」

義弥ぐらい華やかな男なら、恋人もそれなりであっても納得できるので、とくに驚きはしない。むしろ清志郎と付き合っているというよりは説得力がある。

「完全にクロってわけではねえが、日塚ってのはわりと珍しい苗字らしいな。断定はできないが、可能性は高い。で、こっち」

日比野は書類の中から別の紙を引き抜く。

「さすがは業界人。見ろこれ、アメリカ大統領だぜ」

なにかの式典のときに同席したらしくて、大統領と歓談する日塚の写真があった。

「すごい人ですね。それにしてもなんていうか……華道家というより、芸能人？」

日塚は目鼻立ちがはっきりとしている、中性的な美少年だった。大統領が来るような場に招待されるぐらいだから、華道の実力は相当のものだろう。プロフィールには二十八歳と書いてあるが、十歳サバ読んでもバレなさそうだ。

「はい次、これ」

別の写真は、おそらくなにかのパーティーだ。着飾った男女数人が写っている。メインの被写体から外れて、端のほうにいる男二人に目がいく。

渉はごくりとのどを鳴らす。

ただ歓談しているだけの姿なので、意識して見なければ気づかなかっただろう。だがこの二人は義弥と日塚に間違いない。日塚は職業柄当然だとしても、一条家を出たとはいえ、義弥もまた、華やかな世界の住人らしい。

「……こういう写真、どこから見つけてくるんですか？」

「日塚の経歴調べて、手掛けた仕事を漁ってくんだよ。有名人だからな、ちょっと探せば記事は出てくる出てくる。ちなみにこの写真は、そこに映ってる真ん中に立ってる女のモデルのブログ。海外の有名ブランドのレセプションで、日塚はこのときアレンジメントの仕事をしたらしい」

女性に囲まれている義弥と日塚の写真もあった。先ほどの画像とは服装が違うので、別のパーティーのようだ。恋人だと断言するにはまだ少し早いけれど、会場で話しただけの見ず知らずの相手ではなく、少なくとも二人が顔見知りであることには間違いない。

「この二人が本当にホモなら、周りに群がってるモデルたちが滑稽だよなぁ。こんなにいい女なのに相手にされないなんてかわいそう。俺が慰めてやりてえよ。高比良はどういうのが好み？　俺はこの、クールビューティー系がいい。ツンとしてる女がドスケベだったりしたら最高」

「日比野さん、鼻の下が伸びきってますよ。ただのエロオヤジじゃないですか。女性がいる前でそういうことを言ったら顰蹙を買いますから気をつけてくださいね。それと、関係ないページはコピーしないでください。紙とトナーの無駄づかいです」

渉はまったく関係ないページをコピーしてきた日比野を諌めた。むさくるしいと紙一重だが、日比野の見た目はそう悪くはない。パーティーに潜り込んだときのスーツ姿などは決まっていたしそれなりに格好いいのに、口を開いたら残念だ。

運ばれてきたビールに早速手を伸ばした日比野を横目に、渉は残りの書類に目を通した。日塚という人物に関してはある程度わかったが、義弥との関係を突き止めるほどの情報量ではない。

「とりあえず、橘の言ってる日塚とこの男が同じなのか、本当に一条の恋人なのか、調べろ。本人に聞いても本当のこと言うかわからねえけどな、まずは確認」

「わかりました。前に恋人はいないのかって聞いたら、いないって平然と言い放ったんですけどね。もう一回聞いてみます」

「相手が有名人だから隠した、って可能性もあるぞ。でもまあ、ああいう軽いタイプは、恋人がいてもいないって答えて、次から次へと食い散らかしていくんだよ。一条には聞き出せたらでいい。こっちでも調査しとくわ」

本来なら渉がすべきことを日比野に先回りされてしまった。ちょっと調べてみるぐらいなら渉にだってできたことなのに、頭が回らなかった自分が情けない。

「いつもながら、日比野さんは仕事が早いですね」

落ち込む渉に気づいてか、日比野は眉を下げた。

「サポートしてやるって言っただろ。調査や雑務はこっちでやるから、余計なことは考えないで、お前は全力で息子を落とせよ」

「……ありがとうございます」

気を落とす必要はないのかな。

両親が仕事で不在のため子供と留守番をする、という仕事を初めて請け負ったときは、初回は女性スタッフと一緒だった。その逆もあって、新人には渉がついていくこともある。

そんな当たり前のことですら当たり前と思えず、引け目に感じてしまっているあたり、渉は心に余裕がなかったということなのだろう。

「といっても、この日塚ってのが本当に息子の恋人だったら、お前の仕事は終了なんだけどな。確定するまではちゃんとやれよ」

「確定したら？　結局恋人から引き離さなくてはいけないんだから、継続するんじゃないですか？」

渉は日比野の言葉の意味がわからず尋ねると、日比野は小さく肩をすくめて、短くなったたばこを灰皿に押しつけた。

「うちへの依頼は、息子と橘を別れさせろ、ってことだ」

「恋人、じゃなかったですか？」

「その恋人は橘だ、と先方が言ってきただろう。だったら、橘は息子さんの恋人ではありませんでしたよ、で終わりだ。本当なら教えてやるのが親切なんだろうけどな。仕事は延長されてうちも儲かるし？　でもこういう懸案については、先方が気づいていないものを、こちらからわざわざ教えてやって引っかき回す必要はねえよ。あっちが自分で気づいたらまた依頼してくればいい。そのときはこっちだって引き受けるさ」

「意外ですね。日比野さんて、もっとアグレッシブに行くタイプだと思ってたんですけど」

たばこを一本吸い終わった日比野は、お通しをつまみ始めた。ビールにたばこに食事、口の中で味がごちゃごちゃにならないのだろうか、と渉はどうでもいいことを考える。

「別れ話のもつれで相手がストーカーになってしまったから相手の気を逸らしてほしい、ってのと、気に入らないから二人の仲を引き裂け、ってのは違うだろ。前者だったらアグレッシブにやるけど、後者はなぁ。本人たちが望んでないのに別れさせるなんて、本音を言えばやりたかねえよ。だが仕事だと割り切らねえとな。こっちだって社員抱えてるんだから、会社を潰すわけにはいかねえし」

日比野が苦い表情をする。だがそう見えたのは一瞬だった。すぐにまた普段の、人を食った顔に戻る。

日比野は私生活をほとんど語らないし、渉やほかの社員たちが聞いてもはぐらかす。大の女好きで飲み歩いている、ということぐらいしか知らないのだ。そんな日比野の別の顔が見え隠れしたような気がして、渉はおしぼりをマイクにして日比野にインタビューした。

「日比野さんて、もしかして過去になんかありました？」

「うるせえよ」

日比野は面倒くさそうな顔をして、渉の手を叩き落とす。

もう少し突っついてみたい気もしたが、話が脱線したら先に進まないから断念した。仕事ではないときに、酒をしこたま飲ませて聞き出してやろう、といういたずら心が芽生えたのは秘密だ。

「まあ、早いとこケリつけようぜ。友達から息子を奪う必要がなくなったら気が楽になるだろ」

「なんで……」

「なんで、って。久しぶりにお前の顔見たら、げっそりしてたからな。暗い顔してるしよ。お前、大丈夫か？」

仕事をやり遂げられるのか、と言われた気持ちになり、渉は口ごもる。日比野にそんなつもりがないことはわかっていても、自覚があるから否定できない。

「友達のこと気にしてたんじゃねえの？」

清志郎と義弥を引き裂く罪悪感は、もちろんある。だが、本当にそうなのだろうか。涉は自分に問いかける。

不倫など許しがたい、という思いでこの仕事を引き受けたものの、今となっては当時の自分の気持ちは曖昧だ。本当は清志郎と義弥が付き合っているという事実が許せず、ただ、二人の仲を引き裂きたかっただけではないのだろうか。

違う、と即座に否定できない時点で、涉の心にやましさがあるのだろう。

心をがちがちに縛りつけていた糸が一本緩んだら、あとは簡単だった。二本、三本、とするするほどけて消えていく。

急速に蘇る過去の清志郎への思いを、どうにか心の中に押し留めたい。

「たしかに知り合いが関わっているからやりにくいですけど、でも、大丈夫ですよ。私情を挟まないでやるのがプロの仕事なんですから」

日比野の鋭さにドキドキしながらも、涉はごまかした。それすらも見透かされているような気がして、グラスに視線を落とす。

普段の仕事と比べると心理的な負担が大きいが、心が折れるほどではない。それに気を引く相手が清志郎でなかっただけマシだ。日塚の登場により風向きが変わる可能性が高いけれど、ここまできたらもう、涉は絶対に失敗したくない。

「もしかして、心配してくれていたんですか？」

「もしかして、ってなんだよ。俺は社員全員を心配してるんだっつの。無理やり引っ張ってきた奴らばかりだからな。入って失敗したなんて思われたくねぇだろ」

「俺は失敗したなんて思ったことありませんよ。スタッフたちはいい人ばかりだし、仕事も楽しいですし」

「ありがたいねぇ。じゃあ、その調子であとひと踏ん張り、頑張ってくれよな」

　きれいに話がまとまり、ゆっくり食事ができると思った矢先、日比野が「そういえば」と言って切り出した。

「お前のお友達の橘君から依頼が来たぞ。家事代行で、お前を名指ししたそうだ」

「え？　い、依頼？」

　渉はぎょっとして聞き返した。

　日比野サポーターズに関して一切口にしていないのに、清志郎はどのようにして知ることができたのだろう。考えられる可能性として高いのは、渉が意識を失っている間にバッグを漁（あさ）り、携帯電話や名刺をチェックしたということだ。

　清志郎はそんなことをする男ではないと思う一方で、ほかにもっともらしい理由が見つけられなくて、渉は困惑する。

「それで、断ってくれたんでしょうね」

「断ったほうがよかったか？」

「当然ですよ。だって今は義弥さんの気を引こうと思ってるんですよ。俺、メールとか電話とか超苦手で、ただでさえ毎回緊張してるのに、その上、相手のほうとも接触するなんて、絶対にボロが出ますって。無理です」

「こういう仕事をしてるって相手に知られている以上、たいした理由もなく断ればかえって怪しまれるぞ？　むしろ堂々と相手の懐に飛び込んでこいよ」

「そんな……。家事なんて、専門の代行業者に任せればいいと思うんですよ。俺、油汚れを落とすノウハウなんてないですから」

「頑なだなぁ……。相手はお前と顔見知りだから頼んできたんだろ？　知らない奴を家に上げるよりは、ノウハウなくても知ってる奴のほうが安心だと思ったんだろ。ていうか、なんでそんなに嫌がるんだよ。本当は橘となにかあったんじゃねえの？」

「な、なにかってなんですか！　別になにもないですよ！　さっきも言いましたけど、義弥さんのことがあるから、橘には近づきたくないんです。それがなかったら掃除でも話し相手でも留守番でも、なんでもやりますよ」

　日比野は新しいたばこに火をつけて、面倒くさそうな視線を向けてくる。

清志郎との過去を正直に話せば、日比野は納得し、依頼を断るための協力をしてくれるだろう。それでも渉にはその勇気がなかった。

「断りたかったら自分で交渉しろよ。今週末に見積もりの予定入れといたからな」

「え、なんで勝手に……」

「勝手にって、文句は予定組んだ奴に直接言えよ。スケジュールが空白だったから入れただけだろ。予定あるんだったらなんでバッツけておかなかったんだよ」

それを言われてしまうと渉は反論できなくなる。予定を組んだ人はなにも悪くない。

渉が名指しされているので、他人に振り分けることは不可能な依頼だ。一度受けた依頼は、相手のほうからキャンセルがない限りこちらからは断らない。途中で投げ出せば信用に関わってくるからだ。だから日比野から直接交渉の許可が出ただけありがたいと思わなくてはならない。知り合いということで、日比野としても猶予を与えてくれたのだろう。

渉が清志郎にメールを返したあと、今日までに連絡がこなかったのは、水面下で動いていたからなのかもしれない。少しずつではあるものの、渉は着々と外堀を埋められていくような、追い詰められた気持ちになっていく。

間取りや部屋の広さを確認して見積もりするために、渉はまた清志郎の部屋に行かなくてはならない。密室に二人きりになることを考えると気が滅入ってくるが、断るためには仕方のないことだ、と自分に言い聞かせた。

曇り空のようなすっきりとしない気分のまま週末を迎えた。

見積もりはする。だが渉は引き受けない。どうしても掃除が必要なら、清掃が得意なほかのスタッフを派遣する。

これらをはっきり告げる決心をして、清志郎の部屋を訪ねた。

ちょうど一週間前に、渉はこの部屋を片づけた。一応きれいさはキープされていたし、廊下に置かれたいくつかのゴミ袋もきちんと出したようだ。

「なんでうちの会社知ってるんですか？」

ソファに座ると、渉は仕事の話の前に、まず清志郎に問いただした。もしも渉の持ち物を漁ったのであれば、人として許せない。

だが清志郎は渉が想像すらしていなかった答えをくれた。

「お前の口から聞いたんだよ」

「会社名は教えていないはずですよ」

「言ったって。酔っぱらってふらふらのお前に聞いたら、あっさり『日比野サポーターズ』って教えてくれたんだって」

「……卑怯ですよ」

「これを卑怯だっていうなら俺の前で酔わなければよかっただけの話だ。俺が無理やり飲ませたわけではないんだからな。手を出さなかっただけありがたいと思え」

「手を出す、って……。それは、その、ベッドを占領したりして悪かったと思ってますよ。洗濯までしてもらって……ありがとうございます」

疑ってかかっていた後ろめたさがあるし、清志郎の言葉の真意が見えてこない以上、この話題はさっさと終わらせたい。渉は気を取り直し、清志郎に書類を渡した。

「……じゃあ、あの、本題に入ります。これが見積もりです。スタッフ一人が二時間でできる作業は、洗濯、部屋の片づけ、水回りの掃除、時間があればアイロンがけ、といったところです。部屋の汚れ具合によって変わってきますので、優先順位をつけてください。部屋全体を、大掃除並みに掃除したいというご希望でしたら、五時間でスタッフが二人というコースをお勧めします」

清志郎のペースに巻き込まれてしまわないように、渉は雑談を挟み込む隙を与えず事務的な口調で説明した。

「希望日時や曜日など、要望があれば備考欄に書いておいてください」

清志郎は渉の説明を受けて書類に書き込み始めた。

質問があれば受けるつもりで、渉は黙ったまま清志郎の手元を見つめる。

ひと通り書き終えてペンを置いた清志郎から書類を受け取り、ざっと目を通す。週に一度、土日のどちらかに部屋を片づけにきてほしい、とのことだった。掃除の内容も、部屋の見た目を重視するのか、引き出しの中まで整理整頓をするのか、細かいところまで打ち合わせをして書類を完成させた。

「見積もり担当で俺が来ましたけど、実際の業務はほかのスタッフが派遣されますから」

「俺は渉を担当者に、と依頼したんだが」

「たしか以前も言ったと思いますけど、仮にも、その……そういう関係にあった相手を、ご家族と生活されてる部屋に上げるなんて非常識です。橘さんは気にしないのかもしれないけど、俺はそんなに図々しい人間ではないんです」

相変わらず部屋に妻の気配を感じないし、清志郎と妻は別居している可能性が高いのだが、ただ断るだけでは清志郎は引かないだろうから、今はとりあえず妻を理由にするしかなかった。

「家族？」

清志郎は眉根を寄せ、意味がわからないといった表情をする。

「……奥さんがいるじゃないですか」

その単語を口にするのも嫌だったが、はっきりさせるために渉は言った。なんで渉のほうから妻の存在について触れなくてはならないのだろう。

「誤解しているようだから言うが、妻はいない。数年前に離婚している」

「離婚？」

渉は問い返す声が裏返った。

「驚くことか？　この部屋の惨状を見たらわかりそうなものだが」

たしかに渉は気づいていた。でも、変わったままの名字は？　リングは？　独り身だというには説得力が足りない。

「それだったら、なんでもっと早く言ってくれなかったんですか？　意図的に隠されていたようにしか思えませんよ」

「そんなつもりはない。お前が勝手に思い込んでいただけだろう」

清志郎は呆れたような口調で言った。

渉はにわかには信じられず、質問を重ねた。

「じゃあ、指輪は？　そんなものをつけていたら、だれだって勘違いしますよ」

ああ、というように、清志郎が左手に目をやる。

「ただの女避けだ。会社経営者、というのはどうも華やかなイメージがあるようだからな。今年三十四の独身男には女がわらわら寄ってくるんだよ。そのたびにいちいち断るのも面倒だし、指輪をつけておけば女は察するだろ」

　ほかの男たちの前でこの話をしたら反感を食らいそうだが、清志郎が女性にモテるのは本当だ。

　今は会社経営者だから、というのも理由のひとつに上げられるのだろうけれど、同じ会社にいたときから清志郎はかなり目立った存在だった。当時は御堂家の跡取り息子だったこともあるが、清志郎と実際に話をしてみれば、社会的地位や容姿だけではなく、その人柄に惹かれるはずだ。

　指輪の件は解決した。では、苗字は？　なぜ相手のものと思われる姓をいつまでも名乗り続けているのだろう。

　これらを聞いて、渉は一体なにをしたいのか。聞いてどうするのか。

　話を終わらせてしまえばよかったのに、妻がいないとわかった途端に、心を押さえつけていた重石が外れたような気持ちになった。

「今さら言っても嘘や言い訳にしか聞こえないだろうが、俺は帰国したら両親に話をつけるつもりでいた。実際に空港から父に電話をして、出国前に断りを入れたんだ。さすがにゲイだからとは言えなかったが、一生だれとも結婚はしない、と。当然のことながら却下されたが、俺は最後まで譲らなかった」

　ただし、タイミングが悪かった。清志郎は二ヶ月ほど日本を離れてしまうので、その間、清志郎不在の中、両家で結婚の話が進んでしまったらしい。

「海外にいる間に詳細が伝えられて、もう逃げ道がないと思ったから、彼女に直談判したこともあった。今思えば、ゲイであることをきちんと告げていれば、彼女を傷つけることがなかったんだろうな。だが家のことを思うとそれができず、俺は自分が男として不能だから子供は望めない、結婚は諦めてほしい、と彼女に言った」

当時の出来事を初めて打ち明けられ、渉は胸がざわざわと騒いだ。

聞いてはいけない。清志郎に同情するような結果が待っていたら、渉が今までに揺さぶられてきた思いはいよいよ、清志郎に向かってしまうだろう。

それなのに耳に流れてくる静かな声に縛りつけられて、渉は身動きが取れない。

「それでも構わない、と彼女は言ったんだ。俺が断るための嘘をついていると思ったのか、時間をかければ解決する問題だと思ったのか。今でも俺は、彼女が俺との結婚を望んだ理由はわからず仕舞いだ」

御堂グループよりも大企業の社長令嬢だったのだ。裕福な家庭に育っているのだし、玉の輿狙いではなく、純粋に清志郎のことが好きだったのだろう。だとしたら、結婚生活はつらかったに違いない。

見たこともない相手だが、渉は少し彼女に同情した。

「帰国して、本格的な話し合いをする前に、先に伝えておきたいことがあって渉のアパートに行ったら、お前はいなかった。携帯電話もつながらない。慌てて後輩に連絡したら、退職したと聞かされたんだ。話し合いをしようと言っていたのに、完全に姿を消された俺の気持ちを考えたことはあるか?」

清志郎の当時の気持ちを表すように、声が刺々しくなっていく。清志郎が怒って当然のことを、渉はしたのだ。むしろ再会してから今まで、よく堪えてきたと思う。紳士的な態度を貫く清志郎を、事情も聞かずに責めたのは渉のほうだ。

「一方的だったのは悪かったと思ってます」

いたたまれなくなり、渉はひざの上で組んだ自分の手を見つめる。

清志郎は渉のことを思って行動してくれていたというのに、渉はといえば清志郎を受け止める覚悟が持てずに逃げ出したのだ。

そんなふうに思ってもらえる人間ではない。もしも当時考えていたことを清志郎に告げたら、きっと渉を軽蔑するだろう。清志郎のことを思っての決断だ、なんて言ってみたところで、結局その責任すら清志郎に背負わせてしまいかねず、渉は口にできない。

「御堂家には世話になっていたし、跡継ぎとしての期待を背負っていたし、俺はずっと両親に気をつかいながら生きてきた。だが最後に会った日、あのときの渉の言葉や表情を見て、俺は決心したんだ。御堂家を捨てよう、とな」

清志郎はソファの背当てに背中を預け、天井を仰いだ。

「俺はな、もともと御堂家の人間ではないんだ。といっても丸きり赤の他人というわけではなくて、遠縁に当たるんだが」

　初めて聞かされる話に虚を衝かれ、渉は目を見開いたまま固まった。そんな話は噂ですら聞いたことがなかったからだ。

　渉の反応は想像の範囲内だったのだろう。清志郎は動揺する素振りも見せず、淡々と続ける。

「両親は長いこと子供に恵まれなかったから、事故で本当の両親を亡くしたタイミングで俺は御堂家に引き取られたんだ。五歳のときだった。それで、中学二年生のときに、両親に男の子が生まれたんだ。追い出されるかもしれない、と怯える俺に両親は言った。学校の成績はトップを維持し、スポーツも生活面でも、御堂家の後継ぎとして恥じない人物になるなら、このままここで暮らすことを許そう、とな。中学生の俺に選択肢などあるはずもなく、俺は両親や御堂家の名前に恥じないよう、必死になった。そのおかげで大学まで行かせてもらえた。厳しい両親だったが、こうして社会で不自由なく生きていられるんだから、感謝はしている。俺がゲイだという噂が広まったら、両親が肩身の狭い思いをするかもしれないだろう。俺自身は自分を恥じてはいないが、他者が理解してくれるとは限らないから、俺は両親に本当のことが言えなかったんだ」

　清志郎は上を向いたまま額に手を当て、また長いため息をついた。

　それだけで、清志郎の当時の葛藤が想像できた。相当悩んだのだろう。

　複雑な事情を背負っていた清志郎に気づかなかった当時の自分を思うと、渉はやるせない気持ちになる。

「……俺、なにも知らなくて……」

涉はそう言うのが精いっぱいだった。

「もしも俺が当時、きちんと涉に事情を話していたら、お前は逃げずに俺と向き合ってくれていたのか？」

「実際に起こらなかったことだから、わかりません……。でも……」

当時の思いは封印しておかなければならないと思いながらも、同時に避けてはいけないことだとも感じた。

「……俺は、清志郎には御堂家を捨てさせてはいけないと思いました。だって、親に逆らえないっていうんだから、政略結婚なんだって思っても不思議じゃないでしょう？　清志郎のこと、御堂家のこと、会社のこと、いろいろ考えたら怖くなったんですよ」

だから涉は逃げた。

責められるだけのことをしたというのに、清志郎はそれについて触れてこない。

「涉がいなくなって、初めて本当の意味で、涉の大切さに気づいたんだ。ゲイではないのに、俺を受け止めてくれた涉を本当に愛していたよ」

「やめてください」

涉は首を振った。

これ以上聞きたくない。今さら真実を告げられても、涉はどうしていいのかわからない。

「やめないよ」

清志郎は拒む涉を無視する。

「涉がいなくなって、すべてがどうでもよくなった。親のための結婚でも、女を抱けない男と結婚すると言った彼女も、心からどうでもよくなった」

結婚を拒んでいた清志郎が従順になったことで、それからはとんとん拍子に話が進んだそうだ。

だが幸せな結婚生活は長くは続かなかった。いや、最初からそこに幸せの形はなかったのだ。結婚という第一段階をクリアすると、今度は両家の両親からの孫の催促攻撃が始まった。

「誘っても拒まれ続けて、彼女のプライドはズタズタだっただろうな。だが、どうしても無理だった。俺は最初から彼女を抱けないと伝えたんだ。それを承知で結婚したのはそっちだろう、という思いもあった。最終的に、彼女は孫はまだかと言われるプレッシャーに耐えられなくなったんだろうな。俺への恨みもあっただろう。彼女のほうから『好きな人がいる』と言われて離婚した。二年は持たなかったな」

問題の根本は彼女に一切触れなかった清志郎にあったが、彼女はそれを承知で結婚すると言ったこと。また彼女が外で恋人を作っていたこともあって、揉めることはなかったそうで、表面上は円満離婚だ。

「父にはかつてないほど罵られたな。恩知らず、だれのおかげでここまで来られたんだ、ってな。ほとんど記憶にはない本当の両親の悪口も散々言われた。厳しい躾、常に成績トップを保たなければならないプレッシャー。その一方で本当の息子は甘やかされて育っていて、俺はたまっていたものがとうとう破裂してしまったんだろうな。感情を抑えることができなかった」

　たまっていた鬱憤が爆発して、清志郎はとうとう自分がゲイであることを両親に告げたそうだ。一生結婚はしないし、この先また結婚を強いても、孫は期待しないでほしい、と。

　それを聞いた父親は憤慨し、母は涙を流した。歳の離れた弟は当時中学生で多感な時期で、この騒動がすべてとは言わないが、精神的に不安定で不登校気味になったそうだ。

　自分の存在は御堂家にとって害にしかならないと感じた清志郎は、自ら養子縁組の解消を申し出た。怒りの治まらなかった父親が拒否する理由もなく、清志郎は幼少期まで名乗っていた橘姓に戻った。

　家を出て、会社も辞めて、これから先のことを考えていたときに大学の同級生だった義弥と会う機会があり、紆余曲折を経て二人で会社を立ち上げた。二人とも同じような悩みを抱えており、共感したのだそうだ。

　重たい話にもかかわらず、清志郎はすべて出し切ったような、すっきりとした表情をしていた。だが打ち明けられた渉にとっては、過去を清算するどころか後味が悪いだけだった。

渉は一方的に逃げ出し、つらい思いをしている清志郎を助けることもしなかった。苦しんでいたことすら知らずにのらりくらりと生きていた。今さらこんな話を聞かされたら、渉は清志郎に同情するどころか、自責の念に駆られてどうしようもなくなってしまう。清志郎と話をしているこの瞬間ですら自分への嫌悪感でいっぱいだ。

「……清志郎がそんな思いをしてたなんて。俺、全然知らなかった」

「話していなかったんだから、知らないのは当然だろう。渉が気にする必要はない」

「じゃあ、なんで今さら……そんなことを言うんですか」

ひざの上で握りしめていた渉の手が、小刻みに震える。

過去を明らかにして、話し合って、やり直そうとでもいうのか。逃げたのに。再会してからもずっと、渉は清志郎を拒み続けてきたのに。それでも清志郎は渉を許すのか。

「今さら、ではないだろう。このタイミングで再会できたんだから、今がそのチャンスなんだ。過去の話をしても意味がないのは俺もわかっている。だが渉があのときからまだ立ち止まったままだから、歩き出すきっかけにできたらいいと思う。俺と一緒に」

「な、なに言って……。俺は清志郎の後ろにあるものが急に怖くなって逃げたんですよ？　俺にそんな資格なんてあるわけないじゃないですか」

結婚するから別れた。妻とは離婚したからまた付き合う、なんてことをしたら、渉は人の気持ちを考えられないただのバカだ。そして本当にバカだったのは、清志郎ときちんと向き合わずに逃げた当時の自分だ。

「資格とか、小難しいことは考えるな。俺はずっと渉を思っていた。あんな別れ方をしたから、ただの未練なのかもしれないと思っていたが、再会して、やはり思い違いではないのがわかった。俺はしつこい男なんだよ」

渉はうつむいたまま首を振る。

渉にとってはすべてが「今さら」なのだ。お互いに恋人や妻がいないからやり直したいと言われても、渉は簡単には受け入れられない。ぐちゃぐちゃに絡み合った物事をほどいてみれば、すべての原因は渉にあった。それを棚に上げて今までどれだけ清志郎に恨みを募らせてきたことか。

「今になってこんなふうになるぐらいなら、最初から別れなければよかったんじゃないか……」

口を衝いて、ぽろりと本音がこぼれた。渉が自身を責める言葉だったのだが、清志郎はそれをどう受け取ったのか。眉根を寄せて気難しい表情で渉を見つめている。

「俺には無理です。清志郎が苦しんでいたのに、支えにもなってやれなかったんです。清志郎はそれでよくても、俺が俺のことを許せないんです」

「俺は気にしていないと言っているだろう」

過去を受け入れられない渉と、過去を水に流そうとする清志郎とでこのまま話を続けても、堂々巡りだ。

話をしているうちに、胃に痛みを感じ始める。

六年前にきっちりケリをつけなかったツケが、こんな形で回ってくるなんて。

渉は痛む腹を押さえながら清志郎に向き直る。何時間かかってもいい覚悟で、清志郎と真正面から向き合わなくてはならないときがきたのだろう。もう逃げてばかりではいけない。

「義弥さんと不倫してるんだと思ってました」

聞き方がストレートすぎる気もしたが、かなり高い確率で二人が恋人ではない確信があるので、渉は遠慮しなかった。違うとわかれば清志郎と義弥を別れさせる理由はなくなり、渉の仕事は終わるのだ。早く事実関係を明らかにして、すべてを終わらせよう。

「俺とあいつが？　やめてくれよ。どうやったらそんなふうに見えるんだよ。前に、あいつには恋人がいるって言ったよな。それに俺が不倫なんてするわけがないだろう。本気でそう思っていたのか？」

心の底から心外だと思っているような顔をする清志郎が、とても嘘を言っているようには感じられなかった。

ここまではっきりと清志郎の口から否定の言葉が出てきた以上、この件に関しては完全に白だろう。清志郎は嘘をつく人間ではない。

不倫をしていると知って腹が立ち、清志郎を軽蔑したが、すべて渉の思い違いだった。清志郎は昔のまま、なにも変わっていなかった。

事務所の報告が正しい、という前提で動いていたために起きた誤認だ。他社からの報告は受け取りつつ、こちらでもきちんと探っていれば、こんな結果にはなっていなかった。完全に初動ミスだ。

「義弥さんの恋人ってどんな人なんですか？」

「どんな、って？」

「仕事、とか」

「アーティスト、ってくくりだな」

「義弥さんが選ぶぐらいだから、顔もかっこいいんでしょうね」

「顔？　まあ、美形だな」

さすがに有名人が相手だとは言えないか。ただし清志郎がくれたいくつかのキーワードで、確信に近づいた。

「恋人がいるのに、義弥さんは俺と出かけたりしていいんですかね。その恋人は腹が立たないんですか？」

「今、この時期はいいらしいな。少し前から、一条はつけられているかもしれないって言って、日塚とは会わないようにしていたから」

「つ、つけられてる？」

涉は声が震えた。

まさか義弥に、涉が水面下で動いているのを知られてしまったのか？

清志郎に怪しまれないよう落ち着こうとしているのに、目が泳いでしまう。だが清志郎は涉の挙動を怯えと受け取ったのか、突っ込んではこなかった。

「最近、一条の親があいつに結婚を迫るようになってきたらしい。恋人がいるなら紹介しろ、いないなら見合いをしろ、とな。それで身辺調査をされているような気がする、とずっと言っていたんだ。女の影があれば、当然そっちも調査対象になるんだろうが」

「実際につけられていたんですか？」

清志郎の言うことが本当なら、もしかしたら義弥は、涉についても最初から知っていた可能性が浮かび上がってくる。

ただ、清志郎は調査員の気配を感じなかったのか、半信半疑のようで、断定するには決定的なものが足りない。それでも真相を知っている涉にとっては見過ごすことのできない話だ。

涉はこの件の重要な部分に触れようとしている。今までバラバラに点在していた事実や疑問やらが、次々と線で結ばれていく。

心臓の鼓動が激しくなってきて、涉は手に汗を感じた。清志郎に勘づかれない様に、手のひらをジーンズにこすりつける。

「いや、どうだろうな。俺を囮(おとり)にして、わざと家に泊まりにきたり朝帰りして反応を伺ってみたりはしたが、親からのアクションはないそうだ。男同士だから疑われなかっただけかもしれないが。今のところ確証はないが、あいつはまだ親を疑っているようで、ひとまず日塚のことを守るために今のところ距離を置いてるんだよ」

つまり、義弥は母親の意図を察し、防衛策を取っていたことになる。清志郎が囮にされたというのは、ちょうど写真を撮られたときの可能性がある。

一見ちゃらんぽらんを装いつつも、頭はキレるタイプなのかもしれない。ということは、もしかしたら渉の工作にも気づいているのかもしれない。

「それをいいことに、一条は遊び歩いているんだがな。本末転倒だとは思うが。まあ、あいつは俺とは違って親にゲイだとバレることについてどうとも思っていなくて、日塚さえ守れればいいんだよ」

清志郎はこれっぽっちも渉を疑っていないから、淡々と事情を話してくれる。もともと義弥は秘密主義ではないし、恋人の存在も共通認識だ。そして一番の理由は、相手が渉だからだ。渉だから信用して話してくれている。

清志郎の信頼を裏切る行為を、渉は平然とおこなっているのだ。

「……恋人を守るなんて、義弥さんは優しいんですね」

次々に入ってくる情報を頭の中で処理しきれなくなってきて、渉は上の空な返事をした。それが地雷を踏んだとも気がつかずに。

「守ってやれなくて悪かったな」

「え？　……ち、違いますよ。そういう意味ではなくて」

思いもよらないタイミングで嚙みつかれ、渉は言葉に詰まった。

「だいたい、なぜそんなにあいつを気にするんだ？　やはり一条に気があるんだな」

怒りのスイッチを押された清志郎は、険しい顔をしている。

そうではない、と否定したかったが、渉はまだ任務遂行中だ。たとえこの場に義弥がいなくとも、義弥を好きな振りを貫かなければならない。

「……なんていうか、まぁ」

肯定しなければならないのに、渉は嘘がつけなかった。イエスともノーともつかない、非常に曖昧な返事で言葉を濁したら、清志郎は都合よく勘違いしてくれた。

「あんな男のどこがいいんだ」

「どこって……。別に、だれと付き合っても、これだっていう決め手なんてないですよ。いろんな面が重なり合って相手のことが好きになるんですから」

清志郎も同じだ。最初は仕事のできる先輩として、渉は頼もしさを感じたし、親切丁寧に指導してくれて好感を抱いた。少し強引だと思う部分もいつしか受け入れて、そうやってひとつひとつ積み上げていった結果が恋だったのだ。

最後に日塚という男が華道家の日塚であるのか、二人が恋人なのか。可能であれば義弥に確認をしておきたいところだが、ここまでくればもう、少なくとも清志郎と義弥が恋人だという線は完全に消えたと言えよう。

肩の荷が降りてほっとした。その一方で清志郎に対する罪悪感と、義弥に気づかれていたかもしれない焦りとで、渉は余裕がなくなってくる。

それでも、渉は悟られてはいけない。

「すみません。そろそろ時間なので、これで失礼します。ご記入いただいた書類は、近日中に予定を調整して、メールにてお送りします。それと、もう一度言いますけど、俺はこの依頼は受けません。別のスタッフでは嫌だというのであれば、申し訳ありませんが断ってください」

手早く書類を片づけて立ち上がり、帰ろうとする渉の腕を、清志郎がつかんだ。

「なぜ頑なに拒む。妻がいる部屋に入りたくないと言うから真実を話したんだろう。妻も恋人もいないんだから問題はないはずだ。まだほかにも理由があるなら言え。俺とやり直したくない理由をな」

「離してください」

「言ったら離してやる。それとも、言えない事情でもあるのか」

「別に、ないですよ。清志郎とはもう終わったんです。それだけです」

渉は清志郎の言葉を、即、否定した。別れさせるために義弥に近づいていたことだけは、絶対に知られるわけにいかない。

「俺は終わったとは思っていない。別れ話もしていないし、納得もしていない。突然言われて動揺しているなら、時間を置いてからでもいい。六年もの時間を耐えたんだ。今さら一、二ヶ月ぐらいどうということはない」

「俺は、待っててもらえるような人間ではないんです」

最終的に二人は白で仕事から外れることになろうとも、騙していた事実はなくならない。渉が引け目を感じている以上、万が一にも清志郎と復縁したとしても、長くは続かないだろう。

「何度も言います。俺は依頼を受けません。ここに来るのも、清志郎と会うのも、これが最後です。六年っていう時間は長すぎたんですよ」

渉は清志郎の手を振り払った。強くつかまれていたわけではなかったので、あっさりと外れる。清志郎が触れていた場所が熱くなっていたのに、離れた途端にすっと冷たくなって、寂しい。

——ごめんなさい。

渉は清志郎に、心の中で謝った。

きっちり話をつけられたはずだ。清志郎の思いを聞けたし、渉も、それを聞いた上でやり直しは拒否した。

本当は、六年を長かったとは思っていない。清志郎と再会してときめいた渉の気持ちに嘘はないし、会ったことで、清志郎がまだ心の中にいたことを再確認した。

清志郎を信じきれず、傷つけた。それだけでなく、工作するために近づいた。騙した。こんな再会の仕方でなければ、もしかしたら渉は清志郎を受け入れていたかもしれない。

でも、渉は今の自分を許せない。

スニーカーを履いているとき、背中に清志郎の気配を感じた。また捕まったら嫌なので、渉が踵を踏んだまま部屋を出ていこうとしたとき。

「渉」

ドアノブにかけた渉の手を、清志郎が背後から覆いかぶさるようにして押さえつけてくる。

「せ、清志ろ……っ」

振り返りざまに唇を塞がれ、渉は目を丸く見開いた。

あまりにも唐突な行為に、体が固まって動けなくなる。

「や、やめ……」

渉は首を振り、どうにか清志郎から逃げようとした。だが首の後ろに腕が回り、清志郎の体とドアに挟まれ、身動きが取れなかった。

「なんで……、んっ」

口を開いたら、清志郎の舌が無遠慮に入り込んできた。深く差し込まれ、無理やり舌を絡め取られる。

清志郎の体を押し返そうとシャツをつかんでいた手はいつしか力が抜けていた。

いくら体格や力に差があったとしても、渉だって男なのだ。本気で抵抗すれば清志郎だって渉の動きを封じるのは簡単ではないだろう。本気で逃げたいなら突き飛ばせばいい。舌に噛みついて、足を踏んでやればいい。

「好きだからだ」

清志郎の言葉はシンプルだった。だが飾り気がない分、渉の心にすっと入り込んでくる。

そんなふうに言われたら、渉は清志郎を押し返せなくなってしまう。やめろと口では言っているくせに、本当は清志郎の背中に腕を回したいと思っている。

心と口とで正反対のことをし続ける自分が情けなくて泣けてくる。素直に清志郎の胸に飛び込めたら、どれだけ幸せなのだろう。

目尻に涙がにじんだが、清志郎に悟られないように必死で堪えた。

無抵抗になった渉を訝しみ、清志郎が唇を離す。

「俺を清志郎と呼んでいたな。昔の気持ちを取り戻していたんだろう。違うか？」

渉は清志郎を名前で呼んでいただろうか。わからない。覚えていない。でもきっと清志郎がそう言うのだから間違いないのだろう。昔の記憶や思い出に揺さぶりをかけられて、ついぽろりと言葉が漏れたのだ。

呼吸が整わず、肩を上下させながら清志郎を見上げた。唇が唾液で光っていて、きっと渉も同じなのだろうけれど、渉は拭う気力すら湧いてこない。

「前にも言っただろう。俺への気持ちがまるでないなら無理強いはしないんだよ。嫌いだ、二度と会いたくない、というならはっきり言え。そうしたら諦めてやるよ」

射すくめるような視線に、渉は息を呑む。

ようやく別れ話ができるのだ。お互いに心が宙ぶらりのまま過ごしてきた六年間を、これでようやく終わらせられる。

「……嫌い」

語尾が震えた。

嘘なんてつきたくなかったけれど、こうでもしないと、いつまでも出口が見つからない。

「嫌いです。二度と会いたくありません」

渉は清志郎の言った言葉をそのまま返してドアを開けた。

「さようなら。お元気で」

「渉」

出ていく渉の背中に清志郎が呼びかける。

「お前、嘘が下手だな」

そんなふうに言われて無視できず、思わず振り向いたら、なぜか清志郎が笑っていた。

別れ話をしているのに、なんでそんな顔をしているのだろう。

「あ……」

だがその意味を問いただそうとする前に、ドアは無情にも閉じてしまった。


週に一度の報告日に一条が訪ねてくる予定だったが、応接室が空いていなかったので駅前のカフェで待ち合わせることにした。

渉が一条からの依頼を引き受けてから一ヶ月と少し。

照りつける日差しに痛みすら感じていた季節も過ぎ、過ごしやすくなっていた。

日比野によるその後の調査で義弥と日塚の関係が明らかになったことを受け、渉の仕事は今回の報告をもって終了となる。

初仕事だし、当初は成功させたい気持ちが強かったが、今となってはこういう結末でよかったのかもしれないと思っている。清志郎のことは抜きにしても、渉には別れさせの仕事はやはり向いていない。日比野が今まで渉に担当させなかったのも納得した。

適材適所。それでいい。渉にしかできない仕事だってあるのだ。

待ち合わせの時間よりも早く着いたにもかかわらず、一条は先に来ていた。カフェでは勉強をしていたり仕事の打ち合わせをしている人たちがいたりして、適度にざわついている。ひとつひとつのテーブルが広く隣の人の会話も入ってこないので、相談事をするのには向いている店だ。

注文したコーヒーが運ばれてくるのを待って、渉は一条に切り出した。

「今日は、お知らせすることがあるんです」

毎週毎週、成果が出ているのかいないのか今いちよくわからない報告を受けてばかりだったのに、今日に限っては渉が思わせぶりなことを言ったので、一条は期待に満ちた目になった。

その表情を見て、渉は申し訳なく思った。これから天国から地獄へ突き落とさなくてはならないのだから。

「結果から申しますと、息子さんと橘さんは、恋人同士ではありません」

「そんな……。じゃあ探偵事務所からの報告は一体どういうことなの？」

一条の困惑した顔を見るのが心苦しい。

それでも渉はぐっと我慢して続ける。

「百パーセントを目指していても、確実ではありません。もしかしたら勘違いだった可能性は充分に考えられます。浮気調査の場合、男女がひとつの家に入って翌朝出てくれば、たとえ現場そのものを押さえられなかったとしても浮気の疑いが高いです。ですが息子さんの場合は、現場さえ押さえられなければ友人で押し通すことが可能です。ただ、今回はそういう方たちのためのお店にいたこと、写真で見る限りでは相手と親密そうに見えたこと、部屋に泊まったことなど、総合的に考えて恋人だと判断したのかもしれません」

「じゃあ、橘さんが恋人ではなかったとしても、息子が、その、そういう人間であるのは間違いないということかしら」

「それはなんとも……。ですが僕はその手の店には行ったことがないですし、おそらく、興味本位で行くような場所ではないと思います。ただ、そのお店の従業員と知り合いで、付き合いで飲みに行っている可能性もありますから」

いくら隠していないとはいえ、同性愛者であることを、義弥は無関係な人間から親に知らせてほしくないだろう。渉もかつて清志郎の婚約の話を他人から聞かされ、ショックを受けたことがある。衝撃的な話は第三者よりも直接本人から聞くのがいいはずだ、という渉個人での判断と、調査側ではなかったのをいいことに、渉はどちらともつかない曖昧な返事をした。

「それでですね、実際に一ヶ月ほど彼らと接触して思ったのは、二人はあくまで共同経営者で、仕事上のパートナーであり、その、恋人のような雰囲気は少しも感じられませんでした」

「人前だから隠しているんではなくて？」

一条は食い下がってくる。ゲイだ、恋人だ、と疑っているから、それ以外の答えを望んでいないようだった。

義弥はベテランの探偵すら騙したのだ。清志郎が言っていたように、周囲にそう思わせるように清志郎を協力させて偽装していたのだとしたら、義弥はかなり食えない男だ。

「その可能性も、もちろん絶対にないとは言い切れません。ですが、少なくともこの一ヶ月は、仕事以外の付き合いはされていないようでしたよ。僕が割り込んだから、というわけではないと思います。もともとお互いのプライベートには立ち入らないようです」

最初に会ったときに、義弥は清志郎が自分のことを話さないと言っていたのを思い出す。つまり、仕事以外で顔を合わせる機会はほとんどないと言っていいだろう。

「また、僕がそう考える根拠として、もうひとつあるんです。どうやら橘さんには結婚歴があるようなんです」

「そうだったんですか。わたくし、息子の交友関係をなにひとつ把握していなくて。お恥ずかしい話ですけれど」

「いいえ、僕も自分の友達が結婚した、などいちいち親に言わないので、別によくあることだと思いますよ。それでですね、つまり、その、息子さんと橘さんとは、そういう関係になりようがないと思うんです」

ゲイでも女性と結婚する人はいるだろう。実際に、清志郎がそうだった。だがこの世代の女性には、それで充分だったようだ。清志郎が既婚者だと知ってあっさりと納得した。

本当は清志郎も同性愛者だということ。すでに離婚していることや子供の有無など、聞かれない限り詳細を一条に教えるつもりはない。二人が恋人ではない、という事実を伝えることが重要だ。

なにひとつ嘘は言っていない。持っている情報を全部伝えていないだけだ。とはいえ伝える内容によって受け取り方が変わり、一条への印象操作をしているには違いないため、心苦しい。

「じゃあ、ほかに恋人がいるのかしら。男か女かわかりませんけれど」

「それは、調査してみないことにはなんとも。少なくとも僕が息子さんと接触を試みている期間は、恋人に会ったことはありませんでした」

日塚の存在は隠しておいてやれ、というのが日比野の指示だった。渉もそう思っていたし、逆に日塚の情報を一条に流せと言われてもできなかっただろう。

義弥が母親の動きを察知して日塚の存在を隠そうとしたぐらいだ。義弥は彼を本当に大切に思っているのだろう。かつて結婚の話が出てきて恋を終わらせることを選んだ渉は、別れの悲しみやつらさを知っている。数年後にぶり返す痛みと、新しい苦しみとが混ざり合って、当時よりも傷は深まっている。

　私情を挟まないから大丈夫、と意気巻いていた一ヶ月前の自分を思い出すと、今の渉はたいそう滑稽だ。でも、渉も人間だから、義弥は優しくて、ちょっと軽いけれどいい人だったから、せめて彼らだけでも続いてほしいと思う。

「お力になれず、申し訳ありませんでした」

「ほかの調査会社にもう一度調査を依頼してみても、なにも出てこないかしら」

「どうしても息子さんの素行が気になるようでしたら、他社でもご相談されてみたらいかがでしょうか。医療の世界でもセカンドオピニオンと言いますし、一社では見つからなかったものが、次の会社で見つかるかもしれないし、なにも発見できないかもしれないし。これぱかりはやってみないとわからない、としか言えませんが」

「そうね。主人に一度相談して今後を決めますわ。どうもありがとうございました。今の時点で恋人がいないらしいことがわかってほっとしております。相手の条件はなるべく厳しく、などと思っておりましたけど、女性でしたらどんな方でもいいって、最近思っておりますの」

　一条に笑顔が戻った。

　疑惑は晴れてはいないものの、少なくとも黒がグレーになっただけでも、一条は安堵しているようだ。

仕事の最後に感謝の言葉をもらうこと。依頼者が笑顔になること。それが渉の明日につながっているのだが、今回に限っては、渉は一条の笑みを素直に受け取ることができなかった。

一条とは駅で別れた。改札を通って姿が見えなくなるまで見送り、職場に戻ろうときびすを返したとき。

「渉」

突然聞き覚えのある名前を呼ばれ、渉は飛び上がる。

なぜ清志郎がいるのだろう。いつから渉に気づいていたのか。もしや一条と一緒にいたのを見られてしまっただろうか。

次々と疑問や不安や焦りが浮かんできて、頭の中が散らかってしまう。清志郎になにを聞かれるか。それについてどう答えればいいのか。まとまらないまま、ぜんまい仕掛けのおもちゃみたいにぎくしゃくとした動きで振り返る。

「な、なんでこんなところに……。仕事、ですか？」

渉のうろたえ方を見た清志郎は、不審げな表情で見下ろしてくる。

「電話は電源が切れているし、もらった名刺に書かれていた住所を訪ねたら渉は住んでいなかったから、職場に行けば会えると思ったんだ」

渉が清志郎に「二度と会わない」と告げてからわずか数日で再会したために、うろたえていると解釈してくれたらしい。清志郎がなにも言ってこないということは、おそらく一条と一緒にいた場面は見られていなかったのだろう。

渉はほっとして、頭の中を切り替えた。住所や電話についてどう説明すればいいか、考え始めたとき。

「一条の母親となにを話していた？」

「え？」

清志郎は言葉をオブラートに包むことなく、そのままズバリ尋ねてきた。

油断していた渉は言葉に詰まり、質問に答えることができない。返事が遅れたことで不信感を与えてしまったようで、清志郎の表情が険しくなる。

「少し前に一条がつけられているかもしれないと言っていた話はしたと思うが、あれはお前だったのか？　母親に頼まれてあいつの素行調査をしていた、というわけだな」

「ち、違いますよ！　素行調査はしていません」

「素行調査は？　なるほど。素行調査以外のことをしていたんだな。一条に近づいたのは偶然ではないんだろう。渉、説明しろ」

清志郎は渉にカマをかけているのではなく、確信しているのだろう。尋問するような強い口調に、渉は観念するしかなかった。

ただし、不測の事態が起こってしまった以上、まずは日比野に報告をしなければならない。相手が見ず知らずの人間ではなく清志郎だから、譲歩してもらえる可能性はある。

「……わかりました。とりあえず、先に日比野さん……、所長に仕事の報告をしなければならないんです。それからでもいいですか？」

「一度目、六年前に俺に黙って消えた。今回も、いつのまにかアパートからいなくなっていた。職場を知らなければまた俺はお前を見失うところだった。それで、またここで渉を黙って見送れというのか？　お前はトラブルを受け止めるんじゃなくて放り出す。とことん話し合って解決策を見つけ出すのではなく目を背ける。どうせまた逃げるつもりなんだろう」

渉はまったく信用されていない。実際に渉はそれだけのことを清志郎にしてきたのだから仕方がない。

自分がまいた種なのだ、とわかっていても、清志郎の口から聞かされれば、渉はやはり傷つく。

「だが、まぁ……」

うつむきがちになった渉のつむじに、清志郎が言った。声に柔らかさが戻っているような気がして、涉は顔を上げた。

「涉が自分で言ったんだからな。約束は守れよ。今晩でいいか？」

まっすぐ見つめられて、胸が痛い。何度も裏切っているのに、清志郎はどうしてまだ涉を信用しようという気持ちになるのだろう。もしも逆の立場だったら、涉は清志郎のように相手を許すことはできない。清志郎の忍耐力や懐の深さに、涉は何度救われようとしているのか。

清志郎が甘やかすから涉はいつまでたっても前に進めないし、同時に清志郎の足を止めてもいる。このままでいいはずがない。

世の中に「別れさせ屋」という職業が存在していて、涉がそういう仕事をしていたとしても、清志郎も理解はしてくれるだろう。だが涉は元恋人である清志郎が義弥の相手だと知った上で工作を仕掛けていた。そういうことができる人間なのだ、と清志郎は思うだろう。実際に清志郎と義弥は恋人ではなかったし、二人を引き裂かずに済んだとはいえ、それはあくまでも結果論だ。

不倫であることを理由に涉はこの仕事を正当化させようとしていたが、本当にそうなのだろうか。空白の六年間が少しずつ埋められていくにつれて、清志郎に対する気持ちに変化が生まれてきやしなかったか。

一条の母とのことを清志郎に話したら、まず間違いなく軽蔑されるだろう。涉自身、清志郎を騙していたという後ろめたさがあるため、どれだけ清志郎に好きだと言われても素直に受け入れられない。

だからこの話し合いは、渉には必要なことだ。事実を知れば、人を騙すような奴だとは思わなかった、と清志郎の気持ちは渉から離れていくはずだ。

きれいに別れられるとは思っていないけれど、かつて愛した人に軽蔑されるのはつらい。それでも自分でまいた種は自分で回収しなくてはならない。

もしも渉と清志郎が別れさせ屋とその対象者としてではなく、街中でばったり再会していたら、やり直せていたのだろうか。

それ以前に、六年前のあのとき逃げ出さずにいたらこんなふうにはなっていなかっただろう。

清志郎の決断を受け止めきちんと話し合っていればよかった。

清志郎の家のために、などと優等生な考え方などせずに、自分のエゴを押し通せばよかった。逃げ出さずに立ち向かえばよかった。

清志郎が好きだ。結婚なんてしてほしくない。ずっとそばにいてほしいと、なぜ言えなかったのだろう。

仮に清志郎が家や仕事を失ってしまったら、渉が支えればいいだけだったのではないのか。

過去を悔やんでも、もうどうにもならないのに、それでも渉は延々と考え続ける。

婚約の話題が出たタイミングが悪かった。他人から聞かされて冷静さを欠いていたし、清志郎の家のことを考えると、社会人二年目の渉には大きすぎる問題だった。

そして六年も経ってそろそろ当時の苦い記憶が薄れてきたかと思った矢先の再会だ。こんな状況でやり直したいと言われても無理だし、最後の最後で清志郎に勘づかれてしまったタイミングといい、どうして渉はいつも間が悪いのだろう。

きっと渉と清志郎は、そういう巡り合わせなのだろう。ならばお互いのためにも、本当の意味で別れなければならない。

「八時に、この前のバーで。場所は覚えているか？」

途方に暮れて、その場に崩れ落ちそうなほど気力を失った渉だが、首を縦に振り、どうにか返事をすることができた。

「おい、高比良」

あのあと、会社まで戻ってきた記憶はないが、日比野に声をかけられて我に返ったときには、渉は自分の席に座っていた。

「お疲れ。あの母親にはきちんと説明できたか？　俺にＳＯＳがなかったってことは、一応納得したんだろうな」

「……はい。でも……」

清志郎のことを日比野にどう報告すればいいのか、渉はまだ準備をしていなかった。

口ごもった渉を見て、日比野はなにか感じたらしい。

「ちょっと厄介な内容だったが、無事終わってよかったな。よし、慰労会だ。飲みに行くぞ」

日比野が渉の腕をつかんで立たせる。

「まだ五時前ですよ？」

「いいなぁ。私も連れてってくださいよ」

「そうだそうだ。焼き肉食わせろ」

「お前はこの前、恋人に振られた愚痴を延々五時間聞いてやっただろ。お前の仕事の愚痴も。お前らはまた今度な」

フロアのいたるところから湧き起こるブーイングを、日比野は受け流す。

「今度って、今週末でいいですよね。俺、セッティングしときますから。ボードに参加者募集の紙貼っておきますよ」

「その素早さを仕事に生かせよな、ったく」

日比野は頭をかき、ぶつくさ言いながら、渉を外に連れ出した。

社員は皆、日比野が引っ張ってきた人たちだ。前の職場の人だったり大学の後輩だったりと、仲間意識が強い。年齢も日比野と同世代かそれ以下で、若い会社だ。日比野自身が上下関係を強要する人間ではないため、それこそ大学のサークルのような友達感覚の職場だった。

渉は入社した当初、前職との差が激しくかなり戸惑ったのだが、毎年着実に成長して、この会社はこれでうまく回っているのだから、このスタイルでいいのだろう。

飲み屋が開く時間までにはほんの少しだけ早かったので、駅前の商店街の裏通りにある焼鳥屋に行った。店の前には、逆さまにしたビールのケースを椅子とテーブル代わりにして飲んでいる学生ふうのグループがいくつかあり、にぎわっている。

渉と日比野は二階に上がった。中途半端な時間帯のため、座敷にはほかに客がおらず、ゆっくり話ができる。

日比野は相変わらず、自分の食べたいものばかり注文した。好きなものがあれば勝手に頼めよ、とばかりに渡されたメニューを、渉はテーブルの上に置いた。

「あー、今日も一日疲れたなぁ」

日比野は熱々のおしぼりで顔を拭いた。

こういうおっさんくさいところが本当に残念だが、嫌いじゃない。そんな日比野を見ていると、ささくれ立った気持ちが少しだけ和らいでくる。

「なんか、しょっちゅう日比野さんと飲み歩いてるような気がしますね」

「仕事の報告がてら酒を飲もうってだけだろ」

「一般的な会社は、仕事の報告が終わったら飲みに行くんですけどね。しかも午後五時って、世の中の多くは、まだ汗水垂らして働いてる時間ですよ」

「俺の会社なんだからつべこべ言うな。俺は王様だ。王様がいいって言ってんだからいいんだよ。キングと呼べ」

日比野がたばこに火をつける。

社内は禁煙なので、たばこを吸いたくて外に出るのかもしれない。王様なのだから社内での喫煙を許可すればいいのに、と思うのだが、そのあたりは一般社会の基準に合わせるらしい。

「それと、まあ、個別面談みたいなもんだよ。キングたる者、社員の悩みを察知し、解消してやらねえと。そんで社員たちも明日からまた気持ちよく仕事ができるってわけだ」

「たしかに日替わりで、だれかしら連れ出してますもんね」

「そうそう。で、今日は高比良の番。さあ報告どうぞ」

「どうぞ、って」

運ばれてきたジョッキを持ち上げる。仕事の報告会、という名のただの飲み会の始まりだ。

「一条さんは、とりあえずは納得して帰りました。ただ……」

事実を知ったとしても、清志郎は義弥に言う男ではない。ただ、渉が軽蔑されるだけで。

　それを思うと気が重くて、渉はため息をついた。

「一条さんに報告して、駅までお送りしたとき、一緒にいるところを橘に見られてしまいました。以前、義弥さんは素行調査されている気配を察知して警戒していた、というのを日比野さんに報告したと思いますが、今回の件で橘がそれに気づいてしまったんです」

　清志郎に誘導されてうっかり口を滑らせてしまったことも、渉は正直に話す。

「バカだなぁ」

　渉への第一声がそれだった。ダメ押しされて余計に落ち込んだ。バカなのは、自分が一番よくわかっている。

「接触したのを見られたんだから、会ったこと自体はごまかせねえけど、依頼人の守秘義務があるから教えられねえ、で済む話だろ。なにパニクってんだよ」

「今ならそういう切り返しもできたなって思えますよ。でもあのときは急だったし、頭が混乱してしまって、なにも浮かんでこなかったんです。一応まだ具体的になにをしていたのかは言っていませんが、ちゃんと説明しろって言われてて。このあと会うことになってるんですけど」

「で、どうすんのよ。橘が息子にゲロったらどうなるか」

「彼はそんなことをする人じゃありませんよ！」

　渉は思わず声を荒げた。

急に大声を上げた渉を、日比野が呆気に取られた表情で見返してくる。

「……すみません。でも、大丈夫です。橘が義弥さんに事実を言うことはありません。ただ、俺が軽蔑されるだけで」

渉も自分自身に驚いている。清志郎のことが絡むとどうしても冷静でいられなくなってしまう。

「高比良、お前さ、やっぱり橘となんかあっただろ。過去になにがあったのか、仕事の期間中になにが起こったのか知らねえが、この件に携わってからのお前はちょっと様子がおかしいぞ」

周囲にわかりやすい態度を取っていたつもりはなかったが、日比野にはお見通しだったようだ。

「事実を知っても一条には言わないっていう公正な男が、別れさせ屋だからってお前を軽蔑するとは思えねえけどな」

「……そうですね。……でも」

テーブルの上のジョッキを持ったまま、渉はうつむいた。時々、たばこの煙が視界に入る。

日比野はその間、口を開かなかった。渉が自分から続きを話すのを待ってくれているのかもしれないし、たばこを楽しみたいだけだったのかもしれない。

「お待たせしましたー！　焼き鳥盛り合わせです！」

アルバイトの若い女の子の、甲高い声が座敷に響く。この店の店員は皆が体育会系のノリで、下でも常時威勢のいい声が飛び交っている。

「串はここに入れてくださいね！」

「オッケー。お姉ちゃん、大学生？　いくつ？　名前は……かなちゃんか」

胸のネームプレートに、平仮名で「かな」と書いてあるのを見て、日比野は鼻の下が伸びる。

「そうです！　二十歳です！　ビールの追加はいかがですか？」

「いいねぇ。かなちゃん頑張ってるねぇ。瓶で頼んだらお酌してくれる？」

「えー？　お酌ですか？」

「深夜酒類提供飲食店でのお酌行為は禁止されていますよ」

「ですよね！　お兄さんだったらお酌してもよかったですけど！　おじさんって、うちのパパぐらいの年齢ですよね！」

彼女が横やりを入れた渉に満面の笑みを向けて、日比野に対しては反撃を繰り出すと、二階に設置してあるサーバーからビールを注いで、ジョッキを置いてから下りていった。

「おじさん言われてショックだわー。心がズタズタすぎて、もう今日は仕事できねえわー。お前も余計なこと言うんじゃねえよ。しかも、なにちゃっかりモテてんだよ」

「娘でも不思議じゃない年齢の子にまで粉をかけないでくださいよ、みっともない」

日比野はおもしろくない顔をして、最初のジョッキに残っていたビールをあおった。それを廊下に出してから、「それで？」と促してくる。

「酒の席での話なんか、だれにも言わねえよ。なんか抱えてるならぶちまけちまえよ」

　普段は人を食ったような顔をしているくせに、日比野が妙に真剣な表情をしているから、渉は笑ってしまった。

「人の顔見て笑うとは失礼な奴だな」

「……すみません」

　渉は目じりににじんだ涙を拭ってから、きんきんに冷えたビールを半分ほど飲んだ。酔っぱらっていないとやっていられない。

「酔っ払いの愚痴だと思って、適当に聞き流してください」

「いいぞー。俺は社員全員の愚痴聞きサンドバッグだからな。どんとこいや」

　日比野は焼き鳥を持ったまま、わざとらしく両手を広げた。

　今まで、二人の関係をだれにも話したことはなかった。「普通じゃない関係」であること、周囲に知られたときのリスク、それらを充分にわかっていたからだ。

　でも、本当はだれかに聞いてほしかった。清志郎という素晴らしい人が恋人なのだ、と世界中に叫びたかった。その機会はもう訪れることはないけれど、過去の甘くて苦い経験を笑い話にしてしまうことぐらいは許してほしかった。

　渉は日比野の胸に飛び込むつもりで、これまでの話を打ち明ける決心をした。愚痴聞きサンドバッグの日比野ならきっと、どれだけパンチをしても倒れないだろう。表面で笑って心の中で蔑んだり偏見を持ったりすることなく、渉たちの過去を受け止めてくれるような気がしたのだ。

「実は……」

渉は話を切り出そうとして、一度言葉を止めて周囲をうかがった。人が上がってくる気配がないことを確認してから口を開く。

「実は、橘なんですけど、昔付き合ってたんです」

「へ……？」

日比野の手からぽろりと焼き鳥が落ちる。

おそらく、予想もしていなかった内容なのだろう。渉の言葉の意味をよく飲み込めなかったのか、口をぽかんと開けた間抜けな顔で問い返してきた。

「え、っと……。お前、ソッチの人だったの？　気づかなかった。いや、そういえばお前、キャバクラに誘ってもついてこないもんな。そうか、そういうことだったのか」

「勝手にゲイ認定しないでくださいよ。別に、俺はゲイじゃないですよ。でも、なんでだろう。彼だけは特別だったんです」

「……そうか。それじゃあ、つらかったな」

日比野は多くを語らず、それだけ言い、手を伸ばして渉の髪の毛をくしゃくしゃとかき回した。

「それでも頑張ったんだな」

「……っ」

本当は、詳細を話すつもりはなかった。ただ、別れた相手だったので仕事がしづらかったこと。ハウスキーパーをしたくなかったこと。そのぐらいの愚痴をこぼすだけに留めておこうと思ったのに、日比野に触れられた瞬間に押し出されたみたいに涙がボロボロとこぼれてきた。

「お、おい……」

テーブルを挟んで正面に座っていた日比野は、珍しくオロオロした様子で渉の隣に移動してきた。

「……あーもうしょうがねえなぁ」

日比野は渉におしぼりを持たせ、肩を抱いた。どうやら慰めようとしてくれているらしい。

その気持ちが優しくて、甘えてしまいたくなる。

言葉がひとつ漏れたら、ふたつ、みっつ、と止まらなくなる。たまりにたまっていた思いを日比野にぶつけたら、みっともないぐらいに呼吸が乱れて苦しくなった。

本当に清志郎が好きだった。忘れた振りをしていたけれど、ぜんぜんできていなかった。遠ざけようとすればするほど愛しさを感じたし、会う回数を重ねるごとに思いは深まっていった。

日比野は途中で過呼吸気味になった渉をなだめつつ、終始黙って聞いてくれていた。うん、うん、と肯定してくれるだけでよかった。

ひとしきり話して気持ちが落ち着き、涙が止まった頃、二階に人が上がってくる気配がした。

「お前、ストレスたまってんな。二、三日休め。犬の散歩はやっといてやるからよ」

「日比野さんて、見かけによらずいい人なんですね」

「見かけによらず、ってなんだよ。失礼な奴だな。どこからどう見ても俺はいい人だろ。俺ほど社員に対して愛情たっぷりのキングはいねえぞ？」

「キングの設定はまだ続いてたんですか？」

若者の集団が上がってきたのを機に、話は終わった。

「なんだかなぁ。お前、案外かわいいのな。野郎でもお前ならイケるかも」

日比野はそう言ってすぐに、やっぱ今のなし、と自分の言葉をすぐに否定した。

決まりが悪かったらしくて、ごまかすように胸ポケットを探った。ぷかぷかとたばこをくゆらす姿は素っ気ないけれど、渉はそんな日比野の気づかいやさりげない優しさに心から感謝した。

「で、お前はどっちだったん？　掘ったり掘られたり」

「日比野さん、最低ですよ」

一瞬でも感謝した自分がバカだった。

でもこんな返し方は日比野らしくて、渉は心から憎めない。

「最低ってなんだよ」

「言葉通りですよ」

そんなやり取りを繰り返すうちに、気持ちはほんの少しだけれど上向きになってくる。どんな結果になったとしても、逃げずに清志郎と向き合う。それが散々清志郎を傷つけてきた渉にできる最後の償いだ。

渉は日比野と別れてから、清志郎の職場の最寄り駅に移動した。

待ち合わせのバーに入ると、ほどよく人が入っていた。

約束の時間より少し早く着いたので、カウンターの隅に腰掛けビールを注文する。ついさっきまで日比野と飲んでいたが、二杯でやめておいたからまだ大丈夫だ。

できるなら知らぬ存ぜぬで押し切れればよかったのだが、清志郎に見られてしまった以上は正直に話せ、というのが過去の渉たちの関係を考慮した上での、日比野のアドバイスだった。変に隠すと邪推されて、今以上にぐちゃぐちゃになるのは目に見えている。

それに渉はこれ以上清志郎に嘘をつきたくなかった。

「あれぇ？　渉君、久しぶりだね」

柔らかい声がして渉が振り返ろうとしたときには、義弥はすでに渉の隣のスツールに腰を掛けていた。

「よ、義弥さん。お久しぶりです。どうしてここに？」

「ん？　お腹空いてしまってね。ご飯食べようかなって思って。渉君はだれかと待ち合わせ？」

「え、えぇ、その、橘さんと」

腕時計を見たら、そろそろ清志郎との約束の時間だった。清志郎はあと数分でやってくるだろうし、下手に嘘をついても心象が悪くなるだけなので、渉は正直に答えた。

「それで橘はそわそわしてたのかな。俺にもね、早く帰れって急かしてきてさ、最近、渉君てばあんまりメールくれなくなっちゃったよね。寂しいな、なんて思ってたら、そういうことだったの？」

「い、いえ、違いますよ。ちょっと仕事を頼まれて、その話とか、そんな感じで、別に」

とっさに嘘をついてしまったが、考えてみればもう二人を別れさせる工作は終わったのだから、焦る必要はないのだ。

工作期間が終わると、怪しまれたり恨まれたりしない程度に少しずつターゲットから引いていく。渉は義弥に毎日メールをしていたのだが、日比野の調査により工作終了が決まった時点で一日おきにし始めた。これから少しずつ距離を広げていく。

寂しかったよ。会いたかったよ。声が聞きたかったよ。義弥は歯が浮く言葉の数々を耳元でささやいてくる。

涉はゲイではないし義弥を特別好きだというわけでもないのに、なぜか顔が熱くなってくる。甘い言葉に照れているのではなくて、愛の言葉をためらいもせずに言う、という行為そのものが恥ずかしい。

涉と義弥はひとつの箱の中をのぞき込むように、肩や顔を寄せ合い、バーの雰囲気に合わせて小声で話をした。といっても積極的なのは義弥のほうだ。

基本的に義弥はいい人だし、社交的で頭の回転が速いので、相手がどんな人でも話を合わせることができる人なのだろう。たしかに義弥なら、調査員の目をごまかすことも難しくないのかもしれない。

午後八時を少し回った頃にやってきた清志郎を、真っ先に義弥が発見して手を上げた。合図に気づいた清志郎は、こちらを見るや険しい表情になった。あからさまに不機嫌な顔になり、涉はヒヤヒヤする。

「ついさっきまでお前と顔を合わせてたってのに、また会うなんて楽しくないけどさ、せっかくだから一緒に食事しない？　涉君と待ち合わせしていたんでしょ？」

「おい、一条」

迷惑かな？　と人懐こい笑みを浮かべて言われては拒否できない。

また、これから重要な話をする決意を持ってここまでやってきた涉だったが、やはり清志郎を前にすると途端に腰が引けてきたのが本音だ。

　渉の意図に気づいているかもしれない義弥と、義弥に対してなにか仕掛けたことを察している清志郎と、実際に仕掛けていた渉。息が詰まりそうな組み合わせではあったけれど、今は清志郎と二人きりになるよりも、息苦しくても義弥の存在がありがたい。

　だが、相手に遠慮がないのはお互い様らしい。清志郎も引かない。

「今から大切な話があるんだ。遠慮してくれないか？」

「ええ？　俺には内緒の話をするつもり？　仲間外れなんてひどいよ。ねえ？　渉君は嫌じゃないよね？」

「え……？　あ、……はい」

　義弥に押し切られてしまう。

「ありがとう。じゃあ、お言葉に甘えて同席させてもらうよ。個室、まだ空いてる？」

　義弥がカウンターの中にいるバーテンダーに声をかけると、店の奥に案内された。

　通路を歩いているとき、ふと清志郎と目が合った。渉を批判するような目で見つめている。

　特別な事情がなかったとしても、先ほどの場面で義弥を追い払えるわけがない。

　渉は自分に言い訳をして、清志郎から目を逸らした。

　個室には、庶民の渉が見ても質がいいとわかる革張りのソファが、重厚な木製のテーブルを挟んで左右に設置されている。

「橘はそっち。渉君はこっちにおいでよ」

渉と清志郎との間に流れる、ぴりぴりとした空気を感じ取れないのか、それとも気づいていて受け流しているのか。義弥はのん気な声でテーブルの向こうに清志郎を追いやった。そして自分の隣のシート部分をぽんぽんと叩いて渉にアピールする。

「えっと、じゃあ、……失礼します」

突き刺さるような清志郎の視線を受けながら、渉は清志郎の正面に座る。

ウエイターにオススメの料理を聞いてそれらを注文した。

清志郎と義弥は仕事の話をしていて、時々渉に気づかい、話を振ってくれる。だが、清志郎は明らかに気分を害しているし、それに気づいているはずの義弥はマイペースに酒を飲んでいるし、渉は針のむしろに座っているような気持ちだった。個室のせいかさらに息苦しい。

「ところでさ、渉君と橘って、いつの間に仲よくなったの？　今日だって仕事帰りに食事する約束があるんだったら、俺のことを誘ってくれればいいのに。知らない仲でもないのに、寂しいよ」

「え、と……それは」

義弥は渉にではなく、清志郎を責めるような言い方だった。だが渉は後ろめたさから、自分も一緒に責められているようでいたたまれない。

「彼の会社に、個人的な仕事を依頼したんだ。その担当者がたまたま彼だっただけだ」

嘘ではないけれど、清志郎はごまかした。ということは、渉が一条と会っていたことや義弥へなにか仕掛けたのではないかという疑惑を、いまだ胸に留めておいてくれているのだ。

「へえ、仕事の依頼か。いいね。俺もなにか頼んじゃおうかな」

義弥は楽しそうだった。だがいつも陽気で笑みを浮かべていて親しみやすい一方で、笑みで心をガードして、内側に踏み込ませないタイプのように感じるのは、つかみどころがないからだ。

「添い寝なんかどう？　朝まで俺の抱き枕になる仕事」

「俺に頼まなくても、義弥さんには朝まで抱き枕になってくれる恋人がいるじゃないですか」

「恋人はいないって」

「でも、橘さんがおっしゃってましたけど」

「え？　渉君は俺よりもあいつの言うことを信じるの？　橘の言葉なんて、半分以下で聞いておくといいよ」

義弥ははっきりと言い切った。堂々としているのでつい信用してしまいそうになる。

瞳が不自然に泳いだり、挙動が怪しくなったりといった、目に見える反応があればわかりやすいのだが、なにせ義弥はいつも落ち着いているから、渉は今いち義弥の感情をつかむことができない。

「一条。いい加減にしろ。日塚さんに伝えるからな」

「それは困ったな。仕方ないね。でも、恋愛は自由だと思わないか？　俺はその時々で相手を好きになっちゃうんだから、しょうがないじゃないか。それに、俺のプライベートに立ち入ってこないお前が、なんで今日に限って阻止しようとするのかな」

義弥は笑みを浮かべているというよりは、清志郎を煽るような、にやにやとした顔をしていた。

「もちろん彼のことも大切だけど、今この瞬間は、俺は渉君に夢中なんだよ。そういう恋する感覚、橘にわからないかなぁ。だからお前は何年も恋人ができないんだよ」

「え？」

恋人がいないと聞かされて、渉はどきっとした。

結婚していた期間は当然だとしても、離婚してから今までに浮ついた話のひとつもなかったのだろうか。

「食いついてくるね、渉君。意外だった？」

「い、いえ、別に」

「枯れちゃっているのかもしれないね。若いのに、かわいそうに」

義弥は哀れみの表情で清志郎を見る。

枯れている、と言われてプライドを傷つけられたのか。清志郎はいよいよ怒りのメモリがいっぱいになったらしく、すっと表情がなくなる。

「俺はともかく、渉は遊びができる男じゃないんだ。恋愛は好きにすればいいが、相手を見極めろ」

「ふうん……渉、ね」

義弥は唇の左側を持ち上げた。まさにしてやったり顔だ。

「仲いいね、二人は。そうか、名前で呼んじゃうんだ。もしかして、渉君も清志郎とか言ってたりして。って、まさかね」

「え？　お、俺ですか？　いえ、ま、まさか……ははっ」

渉は義弥から目を逸らし、手の中のグラスを見つめた。

急に話を振られて渉は口ごもってしまっては、否定は少しの説得力もない。

義弥はいつも穏やかな笑みを浮かべていて、物腰は柔らかいし悪意をまったく感じないのだけれど、本当に食えない男なのかもしれない。清志郎がやたらと突っかかっていたのも、本性を知っているからなのか？

「君たちはパーティー会場で初めて会ったときから、様子がおかしかったんだよね。バレてないと思った？　まあ、自分たちじゃ気づかないものなのかもしれないけどね。なんだかおもしろそうだから、つい首を突っ込んでしまったよ」

義弥は一体どこまで把握しているのだろう。最初から渉に好意的だったり積極的だったりしたのは、清志郎の反応を見ていたから？

そう思うと、工作がスムーズだったのもうなずける。

さっき清志郎が一度断ったのに、今、この場にいるのも、空気が読めなかったからではなく、渉たちをからかうつもりだったのだろう。義弥にいいように転がされた感があり、渉は今すぐにこの場から消えたくなった。

「知り合いなら普通に紹介すればいいのに、二人は他人の振りをした。君たちの態度はわかりやすくて、俺は笑いを堪えるのに必死だったんだよ。もしかしたら二人は過去に付き合っていたんじゃないか、っていうのが俺の予想。でもさ、だからといって他人を装う必要はあったのかな。過去を隠した理由がわからないんだよ。最初は渉君のほうに未練があって橘と俺を引き離したかったのかな、とも思ったんだけど、それだと橘ではなく俺に近づいてくるのは変だよね。だから、俺の思い違いだったのかもね」

義弥は物事の核心部分には触れられていないようだが、輪郭をなぞってはいる。義弥にだけは別れさせ屋だったことを知られたくないので、渉はうまい言い訳を必死になって考えていた。

渉はうつむき加減のまま、ちらりと清志郎を見ると彼もまた決まりの悪そうな顔をしていた。

「でもさ、それを今さら君たちから聞き出そうなんて野暮(やぼ)な真似はしないよ？　ただ、そろそろ俺を間に挟むのはやめてほしいな。もちろん、渉君が俺と恋愛したいっていうなら、俺はいつでも大歓迎だけどね」

「一条、もうその辺にしといてくれないか」

ため息交じりに言った清志郎に、義弥はしてやったり顔をする。

「そうだね。なんか深刻そうだから、今日はもう帰るよ。橘の顔がさっきから怖くてさ」

義弥に言われて顔を向けると、清志郎は相変わらず表情のないまま、静かに怒っていた。

「二人の邪魔をしてしまったからね。ここの代金は俺が払っておくよ。過去になにがあったか知らないけどさ、ちゃんと話し合いなよね」

「経費では落ちないからな」

はいはい、と適当な返事をして、義弥は個室から出ていった。

とはいえ、じゃあ話し合いをしましょう、という空気になるはずもなく、ほどなくして、渉と清志郎も店を出た。

結局、義弥の真意がどこにあるかは見えないままだったが、渉は先ほどの義弥の言葉が引っかかっている。清志郎にずっと恋人がいなかった、ということだ。

自惚れかもしれないが、半分ぐらいは確信を持っていた。きっと渉のせいなのだろう。そんなに長い間自分のことを思ってくれていたのだと知って、うれしくないわけがなかった。

でも、素直によろこんではいけない。渉は清志郎を騙したという罪を背負っているのだから。

どこに行くともなく、ふらりと夜の街を歩いていると、小さな公園の前に差し掛かった。渉と清志

郎は、どちらからともなく公園に入り、ベンチに腰を掛ける。

ほとんど見えない星を探すみたいに、渉は空を見上げる。しばし沈黙が続いたあと、渉のほうから切り出した。

「義弥さんて、思ってたよりも一筋縄ではいかない人みたいですね」

「みんなあの顔と人当たりのよさに騙されるんだよ」

ようやく気がついたのか、と清志郎は苦笑いした。少しだけ緩んだ顔にほっとする。

「へらへらちゃらちゃらしていても、アレでも一応仕事はできる奴だからいいけど、扱いづらくて仕方ない」

「外から見てる分には、二人はいいコンビだと思いますよ」

「やめてくれよ」

空を見上げてため息をついた清志郎を見ていたら、渉の顔にも自然と笑みが浮かんだ。渉が意固地にならなければ、こうやって普通に会話ができるのだ。

信頼しているからこそ、そんなふうに言えるのだろう。大学時代の同級生で、友人であり、仕事のパートナーである清志郎と義弥の絆を見せつけられたような気がして、渉は少しだけ気分が沈んだ。

恋人にはなり得ない二人だが、強いつながりを感じる。かつて清志郎の隣には渉がいたのに。

渉は気づかれないように小さく息を吐いたつもりだったが、清志郎に悟られてしまう。

促すような目を向けられて、渉は決心した。

「……義弥さんのことなんですけど」

腹にぐっと力を入れ、絞り出すように声を出す。

義弥の相手が清志郎とわかったとき、日比野は断る選択も与えてくれた。にもかかわらず引き受けたのは渉だ。渉はかつて愛した人を騙せる男なのだ、と打ち明けたとき、きっと清志郎の顔が凍りつくだろう。渉は、そんな清志郎を見るのが怖い。でも、これ以上嘘に嘘を塗り重ねたらもっと汚い自分になってしまうし、清志郎にはもう嘘をつきたくない。

渉はひざの上で両手のひらをぐっと握り、大きく息を吸い込んだ。

「橘さんが信用できる人だからお話ししようと思ったんです。虫がいいのは承知の上でお願いします。今から話すことは義弥さんには言わないでください。俺の個人的な感情で動いていたなら、なにを言われようと構いませんが、この件は、もう少しややこしくて、大きな問題なんです」

清志郎の顔を見るのが怖いから、渉は自分の握り拳を見ながら言った。

返事がすぐにもらえなくて、渉は心臓がドキドキしてくる。

「もしも橘さんの了承が得られないなら――」

「わかった。ただし条件がある」

焦る渉は揺さぶりをかけてみようとしたのだが、その前に、清志郎が渉の言葉を遮った。

「条件？」

「ああ、そうだ。俺を橘さんと呼ぶな。今までどおり清志郎と呼ぶと約束するなら、一条に言わないでおいてやる」

そんなことが条件になるのか、と思ったが、清志郎は本気で言ってるようだ。もしかしたら重苦しい空気を和らげようとしてくれているのだろうか。

堅物(かたぶつ)そうに見えるけれど、心根は優しくて、渉を本当に大切に思ってくれていて……。そんな清志郎に嫌われるのは、やはりつらい。

最後の最後のところまできて、洗いざらい話して決別したい気持ちと、蔑まれたくない気持ちとの間で心が行ったり来たりしている。でも、自分で決めた道だ。

「わかりました。それでいいなら……」

かつて渉が自分でぐちゃぐちゃに引っかき回したのだから、自分で収めなければならない。

「一条さん……、義弥さんの母親から、恋人と別れさせてほしいという依頼を受けて、俺は義弥さんに接触しました」

「別れさせ屋、ってやつか」

渉の簡単な説明だけで、清志郎は合点がいったようだった。なるほどね、と言い、長いため息をつかれて、渉はびくっとする。

「そうです。当初、義弥さんの相手は清志郎だ、という報告をいただいていたんですけど」

「つまり、一条がつけられているような気がする、と言っていたのは事実だったってことか？　どこからの報告だ？　渉が身辺調査をしていたのか？　あいつは変なところで勘が働くからな」

「俺が関わった仕事の話はしますけど、それ以外の部分は、守秘義務とさせてください」

「報告をいただいていた、って言ってるぐらいだから、他社から受け取った情報なんだろうな」

「ノーコメントです」

清志郎の態度が柔らかい。もともと他人を罵倒するような男ではないけれど、もっと怒りを露にしてくると思っていたから困惑してしまう。

「一条に近づいたのは仕事だからなんだな？」

「……はい」

「一条が好きだというわけではないんだな？」

「はい」

清志郎以外の男を好きになることはない、と断言できる。

「渉の事情は把握した。それで、安心した」

「安心した？」

清志郎はなにを言っているのだろう。軽蔑されこそすれ、安心される意味がわからない。

「ああ。つまり渉があいつに気があるように見えたのは、全部仕事だったということだろう？　本気であいつに惹かれているのかと思ったら腸が煮えくり返る思いだったが、演技だったわけだからな。心からほっとしている」

まさかそう返されるとは思っていなくて、渉は顔が熱くなった。照れくさい気持ちを隠し、思い切って顔を上げてみたら、想像していた以上に優しい目をした清志郎が渉を見ていた。

それを見た瞬間、これまで必死に抑え込んでいた思いが一気にあふれ出てきた。

いくらやり直そうと言われても、清志郎に対する罪の意識が消えない限りは前には進めない。でもきっと消えることはなくて、ずっと胸に抱えたまま生きていくのだろう。

「俺を拒絶する理由はそれだけか？」

「それだけ……、って。充分な理由ですよ」

「取るに足らないことだ」

「こちらの勘違いでたまたま清志郎と義弥さんが恋人ではなかったから、清志郎にとっては笑い話で済む話なのかもしれません。でも俺は、義弥さんの相手が清志郎だってわかった上で、工作を仕掛けたんですよ？　そういうことができる人間なんです」

「俺に恋人がいるのが悲しくて、一条と別れさせてやろうと思っていたのだと思えばかわいいものさ」

渉は途方に暮れた。渉がどれだけ言っても、清志郎は受け入れるつもりがないのだろう。

「じゃあ、せめて、友達とか……」

「そんなのお断りだ。本当に本気で渉がそう言っているなら、お前の気持ちは尊重したい。だが、絶対に違うだろう？　たとえば、俺たちが友達になったとして話をしてみるか？　俺が飲みに誘う。お前の返事は『今日はちょっと無理です』『じゃあ来週は？』『来週はまだ仕事のスケジュールの調整ができてなくて、また連絡します』それで俺が連絡を待っていても、一向に電話は鳴らない。メールも来ない。しびれを切らした俺があらためて連絡したら、お前は『最近仕事が忙しくて。ごめんなさい。また今度誘ってください』渉はそうやってのらりくらり俺をかわして、最終的に二度と会わないつもりだろう？　違うか？」

渉は言い返せなかった。たしかに清志郎の言う通りだ。

「渉。俺はなにを言われても諦める気はないから。自意識過剰なんじゃなくて、渉が俺をまだ思っているのはわかっているんだ。それでも俺の思いを受け入れないというなら、しつこく迫った結果、嫌われてみるのもいいかもな。そうしたらようやく諦めがつくのかもしれない」

清志郎の言葉ひとつひとつが渉の胸にじんわり沁み込んでくる。

「……なんで？　これだけひどいことを積み重ねてきている俺を、清志郎はなんで好きだって言うんですか？　こんな俺のどこがいいんですか？　清志郎の家のことを思うとなんてもっともらしい理由をつけて逃げたけど、本当は清志郎の背負ってるものが怖かっただけなんですよ。清志郎が結婚を拒否したら大問題でしょう。御堂家、御堂グループっていう大きな存在のお家騒動の原因が俺だなんて、考えただけでも気が狂いそうだったんです」

渉は心の中にあった思いが岩のように大きくて重くて、抱えて生きるには苦しくて仕方なかった。とうとうそれを支えていられなくなり、渉は清志郎に放り投げたというのに。

渉は肩を激しく上下させた。落ち着け、と差し伸べてくる清志郎の手を振り払い、スニーカーに視線を落とす。醜く歪んでいるだろう顔を見られたくなかった。

「清志郎を騙したこともそうです。普通に考えてくださいよ。たとえ仕事だからといったって、好きだった人にそんな仕打ちができますか？　清志郎が俺を許せても、俺は自分が許せないんです」

「ほかには？　まだあるか？」

しびれを切らしたのか、清志郎が渉に答えを急がせようとしてくる。

「たくさんあります。話しても話しても尽きないぐらいの後悔と罪悪感と自分への嫌悪感でいっぱいなんです。一度こういう思いを抱いてしまったら、消すことなんてできません」

清志郎はため息とともに「わかった」と静かに言った。

ようやく終わりが見えて、渉はほっとしなければいけない場面なのに、なぜか鼻の奥がつんとした。

「じゃあ俺も自分を許せない話をしようか。以前、渉が消えてからどうでもよくなって結婚した、と言ったな。もちろん嘘ではない。が、俺も渉と同じなんだよ」

同じ、の言葉の意味がわからない。清志郎の言葉は曖昧で、姿形が見えない霧のようだった。

清志郎は一体なにを伝えたいのだろう。

読み取るために、渉は思い切って顔を上げて清志郎を見た。

清志郎の視線の先には、公園の外の道路を歩く母子の姿があった。仕事帰りふうの女性に抱かれて眠っている三、四歳の子を、目を細めて見つめている。

清志郎には歳の離れた弟がいて、仕事が忙しい両親に代わって遊んでやっていたこともあり、子供の扱いは手慣れたもので、子供好きだ。

会社の先輩の結婚式に一緒に参加したときのことを思い出す。

披露宴会場で、式の途中で飽きて大暴れしていた親戚の子供たちの集団を引き連れ庭に出て、遊んでやっていた。その光景を、列席者たちはにこにこしながら見ていた。子供たちもあっという間に清志郎に懐き、式が終わっても離れたがらなくて、清志郎を困らせていた。当然、女性からの好感度はそれまで以上に上がった。

女性と子供の姿が道の向こうに消えると、清志郎が渉を見た。

「俺が自分を許せないのは、渉の人生を壊そうとしていたことだ」

「俺の人生？」

スケールの大きな話をされても渉はぴんとこなくて、清志郎の言葉をそのまま返した。

「そうだ。もともと女という選択肢がない俺にしてみたら、独身を貫いた場合の親の嘆きなどとっくに覚悟ができていた。だがお前は違う。俺に捕まらなければ普通に結婚をして、もしかしたら今頃、子供の一人や二人いたかもしれないよな。そんなお前の人生を、俺が歪めたんだ。もしも俺たちがあのまま付き合っていたら、早く結婚しろ、と親や親戚にちくちく言われて、渉は肩身の狭い思いをしながら生きていたかもしれない。俺のせいでな」

「清志郎のせいではありません。強制もされていません。俺が自分で選んだんですよ」

渉はきっぱり否定した。無理やり清志郎の人生に付き合わされたわけではないことだけは、はっきりさせておきたい。当時のことは、なにひとつ後悔していない。

「わかっているさ。俺だって最初からそう思っていたわけじゃない。結婚を突きつけられたときに、俺は渉を人様には言えない関係に引きずり込んだんだ、と現実に返ったんだ」

清志郎も清志郎なりに、ゲイではない相手との付き合い方に戸惑う部分もあったのだろう。二人の関係が順調で幸せを感じているときには気にならなかったことも、ふと気が緩んだ瞬間に心の中に入り込んできて、内側から浸食していく。

「大切に思う相手を、親を悲しませるような道に誘い込んだんだ。渉が姿を消して一人になったときに、なんてことをしてしまったんだ、と自分を責めたな。しかも誘い込んでおいて俺が結婚するなんて言われたときの渉のショックは俺には想像もつかないよ。だから深追いしなかった。金を積んで日本全国捜し回ることぐらい簡単だったが、なぜそれをしなかったか、わかるだろう？　渉には普通の人生を歩んでほしいと思った。そう思うことで、俺は自分の結婚を正当化したんだ」

清志郎の告白を聞いてもぴんとこなくて、渉は首を傾げた。なんでそんなふうに感じるのか、ぜんぜんわからない。

「俺には清志郎の言っている意味がわかりません。なんでそんなふうに思うんですか？　俺は一度も、引きずり込まれたなんて思ったことはないのに。親とか結婚とか子供とか、まったく考えたことがないかって言われたら嘘になるけど、でもあのときは、清志郎と一緒に生きていけるなら、ほかのもの全部捨ててもいいって、本気で思ってましたよ。そのぐらいの覚悟がなければ、男となんか付き合っていませんよ」

かつて清志郎に寄せた渉の思い全部を否定されたような気持ちになり、悲しくなった。

「渉の口からそういう答えが返ってくるってことは、俺の言いたいことがわかっているんじゃないのか？」

なぞなぞを出されたような気がした。

はっきり言ってくれればいいのに、思わせぶりな言い方をされて、渉は頭をひねる。

「渉は自分を許せないって言ったな。許せないから受け入れないのではなくて、なぜ許そうとしないんだ？　しかしまあ、渉が譲れないというのであれば、俺は構わないさ。許せない、と自分を責めながら歩む人生にも、なにかしらの意味があるんだろう。だったらその後ろめたさを、罪を、なぜ俺に背負わせずに一人で処理しようとするんだ。俺はそんなに頼りにならない男なのか?」

「そうじゃありません。でも……」

清志郎の問いかけに、渉にははっきりとした答えが出せない。清志郎に背負わせてよかったのか? あのときの渉の選択は間違っていたのか? 途端に気持ちが揺らいできて、シャツの胸元をぎゅっと握る。

「ふたつめの許せない出来事は、六年前に渉を手放したことだ。今になって当時の自分を許せなくなった。なぜ捜さなかったんだ、とな。渉が結婚して子供もいて、穏やかな人生を歩んでいたならこの感情は生まれてこなかったかもしれないが、今の渉を見たら、あの頃の自分を殴りつけたいし、心から悔やまれるよ。だからもう、俺は失敗しない。重たいものを持つときには分け合いたいんだよ」

いよいよ退路を失った。復縁を拒む理由を告げるそばから切って捨てられて、渉にはもう、打つ手立てがない。崖のぎりぎりにまで追い詰められている気分だ。

「後悔することは、だれにだってある。俺だって育ててくれた親を裏切り、安易に結婚したため妻を悲しませて、一番大切な渉を傷つけた。六年間、本当に後悔の連続だった。ここで渉を手放したら、俺はまた後悔することになるんだ。また付き合ったことで生まれる悩みもあるだろう。でも先のことなどわからないじゃないか。俺たちは生き方を選べる。誤った道に迷い込みそうになったときには軌道修正ができるんだ。それでも後悔しないという保証はないが、渉と歩む人生の中で感じるものならば、楽しいことだけじゃなくて、苦しみや後悔ですらも意味があるんだよ。俺は、渉と生きていきたい」

これほど強く思われて、心が動かされないはずがない。渉の心はもうぐらぐらで、ぽんと背中を押されたら清志郎の胸に飛び込んでしまいそうだ。

渉が清志郎と営業部にいた頃のことを思い出す。

普段は物静かだが、清志郎はとにかく弁が立つ男だった。渉が新人のときに一緒に行った取引先や、社内のプレゼンテーションのときなど、清志郎はその都度相手を納得させ、かつ、信頼を得てきた。営業部での成績が常にトップだったのは、傍らで見てきた渉が最もよく知っている。

清志郎はそのとき以上の情熱的な言葉で渉を口説き落とそうとしている。

「渉は物事を真面目に受け止める男だし、自分から言い出した手前、引くに引けないだけなんじゃないのか？　きっと意地になっているだけなんだ。どうしても過去のことが気になって俺のことを受け入れられないというなら、過去のことは忘れろ。全部。なにもかもなかったことにして、赤の他人から始めればいいさ。俺は何度だって渉に恋をする。お前だってそうだ。俺に何度も恋をするんだよ」

話の終わりを告げるように清志郎が立ち上がり、渉を振り返る。

「決心したら連絡をくれ。渉にも少し考える時間を与えてやらないとな」

街灯の位置が遠くて、光を背にした清志郎の顔には影がかかっていたけれど、それを感じさせないような強い視線を渉に寄越してくる。

否定の言葉は受け入れない。

清志郎の瞳は、そう語っていた。


清志郎と最後に会った夜から十日ほどが過ぎた。その間、清志郎からの接触は一切ない。

渉は相変わらず犬の散歩をしたり、週末には友人が少ない新郎の依頼で、新郎友人として結婚式に出席したりしている。

大型犬の散歩は一日二回。夜の分を終えた渉は、日比野に終わったことを知らせる電話をかけてから電車に乗った。夜の上り電車は空いており、ひと駅だったが渉は座席の端に座って目を閉じた。

まぶたの裏に清志郎の姿が浮かんでくる。一人だと、どうしても考える時間ができてしまう。

再会してからの清志郎は、渉の戸惑いやためらいを一切無視してぐいぐい押してきていたのに、最後の最後で渉にボールを投げた。決心したら連絡をくれ、と。

あのまま連日押し続けられていたら、近い将来、渉はまず間違いなく清志郎を受け入れていただろう。互いに知り尽くした仲で、清志郎もそれを予感していたに違いない。

それでも、清志郎は渉に判断を委ねた。無理やり手中に収めてもうまくいかないことぐらい、清志郎だってわかっているのだ。渉が納得した上で、自分の意志で清志郎の胸に飛び込んできてほしいのだろう。

今まで拒絶しか選択肢を持っていなかった渉がここにきて気持ちに揺れが生じてきたのは清志郎の言葉のせいだった。

許さなくていい。そのままで生きていく人生にも意味があるはずだ。

その声に渉は救われた気がした。

甘やかされているな、と思う。散々引っかき回してきた渉を、清志郎はなぜいつまでも好きでいられるのだろう。六年という時間はあまりにも長くて、もう執着の域なのかもしれない。

それでも渉はうれしかった。どれだけぐるぐると回り道をしても、最終的には、清志郎が好き、という気持ちにたどり着く。

渉が清志郎を切り捨てたこと。清志郎が渉を捜さなかったこと。

お互いに後悔したり自分を責めたりしながら生きてきたし、これからも、渉は別々に生きていくつもりだった。

　だが清志郎と話していると、気持ちが明るくなってくる。二人のマイナスの感情同士がぶつかったとき、プラスに転じる可能性を感じた。今までずっと薄暗い部屋の中で鬱々とした毎日を過ごしていたのに、急に真っ青な空の下に引きずり出された気持ちだった。

　過去を忘れて赤の他人から始めよう、と清志郎は言った。だが楽しかったことも胸を切り裂かれるような痛みを感じたことも、忘れようとしたこともあったが結局できなかったし、これからも忘れてはいけないものなのだ。それら全部が渉と清志郎の歩んできた道なのだから。

　過去に縛られたままその場所で足踏みを繰り返していていいのか？　この先は自分たちで好きなように未来を描いていけるのに。

　今まで渉はずっと、清志郎と別々の人生を歩むことしか考えていなかった。だが、その気持ちを捨ててほんの少しだけ先の、近い未来を考えてみる。

　清志郎が言ったとおり、つらいことや、後悔することも起こりうるだろう。けれど六年前の別れ以上に苦しいことが想像できない。それどころか渉も清志郎も笑っている姿しか浮かんでこなかった。渉は楽観的すぎるだろうか。舞い上がっているだけかもしれない。今こう思ったことですら、明日には後悔しているかもしれない。

　でも。

　その後悔すら意味があるのだと清志郎は言った。一緒に生きていきたい、と。渉だって清志郎とずっと一緒にいたい。

もう、自分の気持ちに嘘をつくのはやめよう。

渉は目を開けた。

清志郎に会いに行かなくちゃ……。

職場には向かわずに直帰する旨を伝えるために、渉はジーンズのポケットから携帯電話を取り出した。不在着信とメールの着信を知らせるライトが点滅している。先ほど仕事が終わった報告をしたあとすぐに、日比野から折り返しかかってきていたようだ。次の仕事が入ったから急いで戻ってこい、というメールを読み、渉は長いため息をこぼした。ようやく自分の気持ちがはっきりしたかと思ったら出鼻をくじかれて、どっと力が抜ける。相変わらず渉は間が悪いようだ。

今日のところは諦めて、仕事が終わってからでも、清志郎にメールをしてみよう。うまく話せる自信はないけれど、気持ちが固まった渉は、ここ最近感じていなかった、妙に清々しい気分になっていた。


「お疲れ様です」

二十一時前に事務所に着くと、日比野しかいなかった。渉が犬の散歩で出かける前は比較的暇だったので、早い時間帯にほかのスタッフたちを帰したのだろう。

フロアの一番奥、自分のデスクに足を乗せて雑誌を読んでいる日比野を見て、渉はがっくり肩を落とす。

「漫画雑誌を読んでる暇があるなら、相談を受けててくれてもよかったんじゃないですか？」

「今から用事があるんだよ」

「まーたキャバクラですか？　ほんっと好きですよね」

「うるせえ。戸締まり忘れんなよ」

日比野は雑誌を閉じて立ち上がった。お茶はもう出してあるそうなので、渉は早足で応接室に向かう。

ノックをして、返事を待ってドアを開けた。

「っ……！」

ソファに座っていた人物を見て、渉はドアノブをつかんだまま飛び上がった。

振り返って助けを求めると、日比野は手の甲をこちらに向けて、早く行け、と追い払うような仕草をする。あからさまに面倒くさそうな顔をしているあたり、用事があるなんて絶対嘘だ。

「あの……、どうも」

相談者というのは、清志郎だった。仕事帰りでスーツを着ている。十数分前に、清志郎に会いに行こう、と心に決めたばかりなのに、清志郎のほうからやってきて、渉は心底驚いた。心臓のドキドキが清志郎に伝わらなければいいのだけれど。

日比野が事務所を出ていくのを音で確認してから、渉は口を開いた。

「な、なんなんですか、急に」

考える時間を与えるって言ったくせに。

うろたえる渉を見て、清志郎は小さく笑った。

「そんな硬くなるなよ。世間話をしにきたわけではなくて、今日はちゃんとした仕事の依頼をしにきたんだ」

その言葉を聞いて渉はほっとしたが、ふたつあると言われて、若干の警戒心が芽生える。

「ハウスキーパーはやらないって言ったじゃないですか。ほかのスタッフでよければ引き受けますけど」

「いや、違う。それとは別件だ」

清志郎は困ったように笑い、ソファの横に置いてあった大きめの紙袋を指して言った。袋の上からちらりと顔をのぞかせているのは花束だ。

「ひとつめは、これをできれば今から配達してほしい。無理ならまあ、明日でも構わないが」

「生花ですか。明日になって枯れてしまっていたら困りますよね。相手の家に着く時間にもよりますけど、そんなに遠くなければ今日中に届けますよ」

意外にも普通の内容で気が抜けた。誕生日に合わせて深夜0時になった瞬間に花を届けてほしい、という依頼を何度か受けたことがあるし、おそらくそういうたぐいのものなのだろう。

清志郎にもそういう人がいるのかと思ったら少し複雑だが、仕事だと割り切ろう。

「ありがとう。助かるよ。それと、ふたつめの依頼だ」

花束が入った袋を渉に差し出しながら、清志郎は言った。

「昔の恋人の気持ちを取り戻したいから、協力してほしい」

「え……？」

思いもよらない方向から殴られたようなショックで、渉はしどろもどろになる。

「ホームページを見たら、復縁工作、という項目があったから、この件はそれに該当するだろう？」

清志郎はなにを言っているのだろう。渉に復縁工作を持ちかけてくるなんて、どういうつもりなのか。

「なかなか頑なな奴でな。どれだけ口説いてもちっとも折れやしないんだ」

動揺しすぎて言葉が出てこない渉に、清志郎は畳み掛けてくる。

「つい先日、答えが出たら連絡をくれ、と言っておいたんだが、まったく反応がないから、俺もとうとうしびれを切らしてな。こうして依頼しようと思ったわけだ」

涉はもう一度、清志郎の言葉を頭の中で繰り返してみる。しっかり噛み砕いて考えてみると、それはつまり……。

「え？　お、俺……？」

「ほかにだれがいるっていうんだ？」

「え、いや、でも……」

唐突すぎて返す言葉も出てこない。なにもない中で唯一浮かんできたのは、清志郎の言葉だった。そうだ。清志郎が時間をやると言ってくれたから、渉はじっくり考えた上で、ようやく自分の本当の思いを導き出せたのだ。もちろんきちんと清志郎に伝えるつもりだったし、この依頼のための呼び出しさえなければ、渉は清志郎に連絡を取っていた。

「とりあえず、一週間は返事を待つつもりでいた。だが過ぎても連絡がこないから、もう少しだけ待ってみることにした。が、今日で十日目だ。そこでふと、またいつものパターンだって気づいたからな。待つのは性分ではないんだ」

「……清志郎はせっかちですよね。強引だし」

「願いを確実に叶えるためには、待っていてはだめなんだ。それで、あらためて聞くぞ。渉はこの依頼を受けてくれるか？」

清志郎は自信に満ちた笑みで渉を見ていた。言葉で伝えなくても、渉の声の調子や表情から、感じ取っているのだろう。

先を越されて悔しかったし、自分の決断の遅さを呪いもした。だが、これで終わりではない。この先も二人の歩く速さが同じであり続けるなら、気持ちを伝えるチャンスは何度でも訪れるだろう。

清志郎につられて渉の顔にも笑みが浮かんだ。だが、なぜか顔が引きつって、うまく笑えない。

「……はい」

胸がいっぱいで、唇が震えて、たったひと言、短い単語ですら語尾が揺れた。

驚いた顔をしている清志郎の姿が、ぼんやりとかすんだことに、渉自身が驚いていた。

「……あれ？　なんで？」

職場で泣くなんて、絶対にしたくない。

ジーンズのポケットを探ると、渉がハンカチを見つけ出す前に、清志郎の手が伸びてきた。テーブルの向こう側から身を乗り出して、指の先で渉の目尻を拭う。

清志郎の温もりが触れた瞬間に、堰を切ったようにぼろぼろと涙がこぼれ出した。胸が詰まって言葉にならない渉の隣に移動してきた清志郎は、ハンカチを渉に差し出してくる。

渉はそれを受け取り、目元に押し当てる。ハンカチからは、清志郎の匂いがした。

「つらいか？」

違う。と渉は首を横に振った。

「復縁したくない？」

それも違う。

今の気持ちを清志郎に伝えたいのに、うまい言葉は浮かばないし、声も出ない。

「じゃあ、渉のその涙は都合よく受け取っていいのか？　うれしいのか？」

ああ、そうだ。うれしかったんだ。そんなシンプルな言葉でよかったんだ。うれしくて涙が出てくるなんて、知らなかった。

渉は首を縦に振った。

清志郎が渉の髪をなでた。愛しそうに、丁寧に。それから、渉を自分のほうへと引き寄せる。渉はその力に逆らわずに、清志郎の胸に顔を預けた。

「そろそろこの花束を、今日が誕生日の俺の恋人に届けてくれ。男が花束をもらってよろこぶのか、とは思ったんだが、俺はプレゼントを一緒に買いに行きたいタイプなんでね。とりあえずで悪いんだが、花にしたんだ。よろこんでくれると思うか？」

渉ははっとして顔を上げた。目の前に清志郎の顔があって、吐息が重なり渉はどきっとする。

無意識に体を引こうとする渉を清志郎が阻(はば)み、強く抱きしめたまま耳元でささやく。

「ただし、問題がひとつあってな。俺はこの花束の送り先の住所を知らないんだ。俺が聞いたら、彼

は教えてくれるだろうか」

涉は清志郎のスーツの胸元をぎゅっとつかんだ。

「渉。誕生日おめでとう」

「……ありがとう、清志郎」

声が震えて言葉がうまく言えなかったけれど、渉はどうしても今感じている思いを伝えたかった。

渉の気持ちが固まるまで、辛抱強く待っていてくれてありがとう。

渉はもう、清志郎を二度と離さない。


渉のアパートと清志郎のマンションが線路を挟んで反対側にあることを伝えたら、清志郎は心から驚いた顔をした。住む約束などしていなかったのに、示し合わせたかのようにこの土地に移り住んできたのはうれしい偶然だ。

一人で生活する分にはまったく不自由のない狭めの１ＤＫの部屋でも、背が高くて体格のいい清志郎がいると、途端に狭苦しく感じる。

二人用のダイニングテーブルの上にはノートパソコンが置いてある。その横にソファとテレビ。奥の部屋にはベッドしか置いていない。服はもともと部屋についている収納に全部入る程度しか持っておらず、渉は荷物が少ない。

清志郎をダイニングのソファに座るよう促し、キッチンでお湯を沸かしていると、清志郎が渉を背中から抱きしめた。

「渉」

「せ、清志郎……」

渉が前後不覚になった前回と違い、今回は酒が一滴も入っていない。

初めて付き合うわけではない。過去に何度も体を重ねてきた二人だから、部屋に上げた時点で渉はある程度の予感はしていた。けれど家に入った途端に首筋に唇を押し当てられてすぐに体が熱くなっていく。

「あ、あの、コーヒー……」

渉は首だけ後ろに向けて清志郎に言った。

「コーヒーより渉がほしい」

清志郎は背後から手を伸ばして、コンロの火を止めてから、渉の唇に唇を重ねた。

音を立て、つつくような軽いキスを何度か繰り返してから、清志郎は少し強引に渉の唇を割って舌を差し入れる。

「ん……」

鼻から声が抜けて、顔が熱くなる。

今までにたぶん何百回もキスをしてきたというのに、渉はまるで清志郎と初めて唇を重ねたときのように、がちがちに緊張していた。

首の角度に無理があって、痛みを感じて身じろぐと、清志郎が渉の体をくるりと反転させて強く抱きしめ、正面から口づけをした。

清志郎の吐息や温もりを感じて体温が急激に上がり、渉は少し汗ばんできた。

興奮し始めているのは清志郎も同じだ。お互いの足の間に足を割り込ませているから、布越しでも清志郎の熱を感じていた。

清志郎は渉のシャツの裾から手を差し入れ、素肌に触れてくる。

「ん……」

飲み込まれてしまいそうな激しいキスに溺れてしまいそうだった。キスの合間に、酸素を求めてわずかに顔を背けると、一瞬でも離れているのが惜しいとでもいうかのように、清志郎はすぐに深く唇を貪る。

渉の舌を強く吸い上げ、絡め取る。こすられて少し熱の上がった舌で口内をかき回されて、渉はぞくっとした。

キスを一回するごとに、清志郎を好きだと思う気持ちが膨らむ。肌に触れて、髪の毛をかき回して、そのたびにどんどん大きくなっていく。

清志郎の手がジーンズにかかったとき、さすがに渉も我に返った。

「あの、キ、キッチンでは、ちょっと……」

「じゃあベッドに行くぞ」

「いえ、それも。せめて汗を流してからにしませんか？」

夏の暑い盛りは過ぎて、日中は爽やかな温度だ。だが渉は朝晩、大型犬を長時間散歩させているから、気になってしまう。

「じゃあ、一緒に入るか」

「狭いですよ」

「くっついてるんだから問題ないだろう？」

「壁、薄いんですから、無茶しないでくださいよ。音も響くし」

清志郎は「善処する」と言ったが、楽しそうな表情を見せられては説得力がなかった。

トイレと風呂は別だが、決して広いわけではない。浴槽は体育座りをしないと入れないし、洗い場に男二人がいると窮屈だ。

清志郎は渉を浴室内の壁に押しつけた。

「……っ！」

背中が冷たくて、渉は思わず悲鳴を上げてしまいそうになったが、清志郎に唇を塞がれて、声ごと飲み込まれた。

シャワーのノズルを高いほうにかけて、二人で熱めのシャワーを浴びる。体に下腹部が触れ合っていて、お互いの興奮が伝わってくる。

渉は仕事が不規則なせいもあってこの部屋に人を呼ぶ機会はほとんどないのだが、両隣はよく人が遊びにくる。安い集合住宅のせいか、実は両隣の浴室内の会話は換気扇を伝って丸聞こえなのだ。今、両隣が帰ってきているかわからないが、聞かれたら困るから、渉は口を開かない。風呂に入る前に清志郎にも言い聞かせておいたので、お互いに無言のまま、ボディーシャンプーの泡で体を洗い合う。

下肢に手が下りてきたとき、渉は手の動きを止めた。腹につくほど反り返った清志郎の下腹部に、一瞬躊躇したのだ。それを察した清志郎は、渉の手を取り、自身に導く。握らされた途端にまたぐっと硬くなったのを手のひらに感じて、シャワーの熱気だけではなく、渉は体が熱くなった。

清志郎はボディーシャンプーの泡がついている手で渉の性器を握った。

「はぁっ、あっ」

きゅっと握られただけで絶頂に上り詰めてしまいそうになり、渉は吐息を漏らす。するとその声は思った以上に浴室内に響いて、驚いた渉は清志郎の性器から手を外し、慌てて口を塞いだ。

清志郎は腰をぐっと押しつけてくる。熱を帯びた高ぶりを合わせて清志郎が手のひらに包む。

「ん……」

じわり、と先走りがあふれたのを感じた。性器はぱんぱんに張り詰めていて、少しの刺激ですぐにでも達してしまいそうなほど、ぎりぎりのところまで上り詰めている。

少しでも長く楽しもうとしているのか、清志郎はゆるゆると二人の性器をしごきながら、空いている手で渉の前髪をかき上げた。露になった額に軽いキスをして、頬に、のどに、耳に、首筋に、口づけを落としていく。

時折清志郎が、これから先のことを暗示させるようないやらしい腰つきをするから、渉も煽られてしまう。

「あっ」

吐息に近い喘ぎを漏らした渉に、もっと声を出させようとするかのように、先ほどよりも強めの刺激を与えてくる。急激に込み上げてくる射精感に、渉は首を左右に振って耐えた。だが渉の呼吸が上がっていくのに比例して、清志郎の手の動きも速くなっていく。

「ん……、はぁっ」

渉は清志郎の肩をぎゅっとつかんだまま、飛び跳ねるように体を震わせた。ぶるりと体が揺れるたびに精液が飛び出て清志郎の腹を汚す。

清志郎は激しい運動をした直後のように荒い呼吸を繰り返す渉の肩を抱くと、精液まみれの手を後ろに回してくる。

達したばかりの体は敏感になっていて、肌に触れられるとぞくぞくした。清志郎の手によって、渉の体が割り開かれる。

精液を伴った清志郎の手が、小さなすぼまりをこする。

「……んっ、あ、あっ……」

くすぐったさを感じているのに、その先の行為に期待しているみたいに、ひくひくうごめく。そこに誘われるように、清志郎が指先を押し当てる。ぐっと指を突き立てると、体は清志郎を覚えていて、指を飲みこもうとするような動きを無意識に始める。

「あっ」

清志郎は渉の耳たぶをしゃぶりながら、指を奥にまですべり込ませてくる。ぬるっとした感触とともに奥まで一気に入り込んできて、渉は背中を反らせた。

「あっ、あっ」

浴室であることも忘れて声を上げてしまった渉に、清志郎は苦笑いをして、渉の顔を自分の肩口に押し当てた。嚙んで声を抑えろ、と言われたが、そんなこと、できるわけない。

だからせめて声を漏らさないように、渉は清志郎の肩に唇を押し当てた。

「んっ……、ふっ……」

清志郎の指が体の中を探る動きを始めると、唇の端から吐息が漏れた。

清志郎のことは、職場の先輩として尊敬していたし、もちろん恋人としても愛していた。それに加えて、渉は清志郎と体を重ねるのが好きだった。女とのセックスではまず味わえない、時に気を失いそうになるほどの強い快感を知ってしまったのだ。

だからといって男だったらだれでもいいわけではなくて、もちろん自分でどうにかしようとも思ったことはない。清志郎との行為でなければ得られないと、わかっているからだ。

一度射精した性器は、力を失っていたはずなのに、体の中をかき回されたら再び血液が集まってきた。

渉は自分の足では立っていられずに、清志郎の体にしがみついた。胸と胸が合わさり、二人の距離がなくなる。

渉の体を知り尽くしている清志郎は、渉が強く反応する場所を見つけ出す。

「や……っ！」

じわっ、と先走りがあふれ出す。漏らしてしまったのかと勘違いするほどの尋常ではない量で、渉は耳まで真っ赤になる。

「また一人でイきたくない……」

体の奥を二度三度と押し上げられたら、また射精してしまいそうなのを感じた渉は、清志郎の耳元でささやいた。

シャワーの湯気で浴室内の温度が上がっていたこともあって、のぼせてしまいそうだった。

渉と清志郎は体に残っていたボディーシャンプーをさっと洗い流すと、濡れた体を拭く時間も惜しくて、適当に拭ってベッドに移動した。

横たわる渉に、清志郎が覆いかぶさる。両ひざの裏を持って胸につくほど持ち上げると、露になったすぼまりに、先走りでぬるぬるになっている性器を押し当てた。

「あっ……」

硬く張り出した亀頭が、渉の体をじわじわと割り開いていく。

もう何年も清志郎を受け入れていなかった体は、その質量に恐ろしさを感じて拒否反応を示した。

「大丈夫か？」

体が強張り、額に汗が浮かぶ渉を見て、清志郎は心配そうな顔で見下ろしてくる。

「……大丈夫です。途中でやめたりしないでください」

「煽るなよ」

清志郎は困ったように笑い、腰をぐっと突き立てた。少し引いて、またぐっと押し入る。それを何度か繰り返して、時間をかけて清志郎が限界まで収まった。

体勢を変えようとして、清志郎が渉の腰をつかんで引き寄せた。

「あ、あっ、や……っ」

ぐりっ、と奥を押し上げられて、渉は泣きそうな声を出してしまう。同時に体内の清志郎を締めつけてしまい、清志郎も苦しげに小さくうめいた。

その刺激で達してしまいそうになったのか、清志郎は渉への愛撫を始めた。乳首に吸いつき、硬くなった小さな粒を、舌で転がす。反対の胸は指先でいたずらを繰り返している。

「ん、んっ。……や、くすぐったい」

渉は清志郎の髪の毛をくしゃくしゃにかき回した。乳首を唇で引っ張られて腰がぞくっとする。体中が清志郎を感じて敏感になっている。清志郎のことが好きだから、触れられてうれしいのだ。

少し落ち着いてきたのか、清志郎が腰を引いた。

「あ……っ！」

急に強い刺激を与えられて、渉は身をくねらせた。

久しぶりの人肌だからなのか。清志郎と和解できたよろこびからなのか。渉は常に絶頂にいるような激しい快感を与えられていた。

キスの仕方も、渉に触れてくる手も、声も、昔と全然変わっていない。

「ん……、んんっ」

清志郎の動きに合わせて渉の体が跳ねる。渉がかすれた声を漏らすと、清志郎が慈しむような目で見下ろしてくる。

どうして一度でもこの手を離してしまったのだろう。こんなに大切な人なのに。

渉は急に怖くなって、清志郎の手を握った。

清志郎は少し驚いた顔をしたものの、すぐに小さく笑って、手を握り返してくる。

「はぁっ、……あんっ」

清志郎が腰を引いたり、渉の奥に打ちつけたりするたびに、つながっている部分が濡れた音を立てる。くちゅりと鳴る音が恥ずかしくて耳を塞ぎたいのに、つないだままの手ではそれもできない。だからせめて視界だけでも遮りたかった。

ひざが胸につくほど深く折り曲げられ、両手を拘束されたまま放っておかれている性器が、清志郎の動きに合わせて揺れている。突き上げられて漏れ出る体液が渉の腹までぐっしょり濡らしているのが、目を閉じたままでもわかる。清志郎に見られているのかもしれないと思ったら顔が熱くなった。

男なのに男を受け入れる行為そのものが恥ずかしいことだ。でも清志郎だから、渉はなんでもできるのだ。

「渉、愛してるよ」

六年間を埋めるために必死になっていたため、二人ともほとんど無言だったのに、清志郎が急にそんなことを言い出した。不意を衝かれた渉は驚いて、目を開ける。

清志郎は眉を寄せて苦しげな表情をしていた。おそらく、空白の時間を悔やんでいるのだろう。こうして事が解決してみれば、意地を張っていた自分をバカらしくも感じる。清志郎を苦しめ、渉も後悔の連続で、この期間は楽しい出来事があったとしても、心から楽しめなかった。

でも、清志郎が許してくれたから。

これから先は、楽しいこともつらいことも、全部。清志郎と分け合っていきたい。

「俺も、清志郎を愛してますよ。忘れようとしたけれど、できませんでした。ずっと好きです」

その言葉を聞いて、清志郎は困った表情のまま小さく笑った。

渉の腰をつかんで引き寄せると、渉の背中に両腕を回して抱き起こす。

「やっ、んっ、あっ……！」

ベッドに座る清志郎の上に座る体勢を取らされた渉は、体重がかかってより深く清志郎を飲み込んだ。その途端、清志郎に押し出されるように、渉は二度目の絶頂を迎えた。

「……っ、ん」

ぶるりと震える体を、清志郎がぎゅっと抱きしめる。

「ふっ……」

清志郎の上に座っていると、渉のほうが少し目の位置が高い。じっと見つめられると照れくさくて、渉のほうから顔を寄せた。

口づけを交わしながら、清志郎が再び腰を揺らし始める。渉の体は少しの刺激にも敏感になっていて、肌があわ立つ。

「……っ」

何度目かの突き上げのときに、清志郎が息を詰めた。体の中にいる清志郎が、びくん、と震えた。清志郎が達したのを感じた渉は、清志郎が落ち着くまで頭を抱きしめ、髪をなでていた。愛しくて愛しくて、どうしてもそうしたかった。

「ん……」

激しい衝動が治まってきて、清志郎が渉に深い口づけをする。唇が腫れるまでずっとキスしていたい。だがさすがに二度の射精で疲れてしまい、渉は清志郎に体を預けて力を抜いた。

「渉、大丈夫か？」

清志郎はゆっくりと性器を引き抜く。

「あ……、んんっ」

ずるりと抜け落ちる感覚で、渉はまたぞくっとして、返事なのか吐息なのかわからない声が出てしまい、恥ずかしい。清志郎の熱を失い、なんとなく寂しさを感じた。

中に放たれた精液がぽたぽたと落ちてきて、渉の内股を濡らす。

「本当に大丈夫？」

力が抜けてベッドに伏せた渉に、清志郎が声をかけてくる。渉を気づかってくれる優しさがうれしくて、渉は首を後ろに向け、清志郎の目を見つめてうなずいた。

「大丈夫で……あっ」

だが渉が返事をし終える前に、清志郎は渉の腰をつかんでひざを立たせた。

「え？　あの、せ、清志郎？　あっ！」

渉は慌てて両手をベッドに突いて四つん這いの姿勢で背後を振り返ったときには、渉の体は興奮の治まらない清志郎の性器の先を飲み込んでいた。清志郎の放った精液のぬめりを借りて、簡単に奥までもぐり込んでくる。

「ん、んっ、清志郎、少し休憩ぐらい……、ぁっ……」

「六年だぞ。一晩中抱いても足りるか」

「あっ、やっ、やだっ……」

清志郎は渉の腰をつかんで激しく突き立ててくる。

一晩中、だなんて冗談だろうけれど、清志郎の目が冗談を言っているようには見えなくて、渉は清志郎に情熱的に求められるまま、体を揺さぶられた。

夜中に、何度か目が覚めた。目を開けるたびに清志郎が渉を見ている。

「寝てないんですか？」

何度目かに目を開けたときには窓の外が明るくなっていた。そのときも清志郎は起きていたので、渉は声をかけた。

「一人用のベッドだから、ちょっと窮屈でしたよね」

腰が痛くて体勢を少し変えようとしたら、放したくないというように、清志郎に強く抱きしめられた。

「夢なんじゃないかと思ってな。寝たら消えてしまいそうで、寝られなかった。興奮してたのもあるかもな」

昨晩、六年間の空白を埋めるように、清志郎は何度も渉を抱いた。途中で意識を飛ばした渉を、清志郎はどれだけ抱き続けたのか。

「夢じゃないですよ」

ほら、と確かめるように、渉は清志郎の頬に触れた。

「だったらいいけど。でも、まだ夢を見ているみたいだ。本当に渉なのか？」

清志郎も渉がしたのと同じように、横たわっている渉の頬をなぞる。その手の優しい感触がうれしくて、渉は猫のように頬ずりした。

「俺が今日、この部屋を出ていったら、渉はまた姿を消すのかもしれない、って思ったら怖くてな」

「……ごめんなさい」

心の中にできた引っかき傷は、そう簡単に治せない。渉にできるのは、清志郎を二度と裏切らないことだ。

「そのぶん、一生かけてこれから癒してくれよ」

「……プロポーズみたいですね」

「プロポーズだよ。結婚はできないけど、ずっと一緒にいるってことは、つまり、そういうことだろう？　俺には家族がいないからな、渉と家族になりたい」

「清志郎ってば、舞い上がりすぎですよ」

「舞い上がってなんかいないって。俺は真剣な話をしているんだ」

「気が早いとは思うけど、でも……すごくうれしいです」

渉の顔や胸をなでていた清志郎の手が、腹に下りてくる。肌に触れられるのは気持ちがよくて、渉はうっとりと目を閉じた。

「まず、第一歩目として、一緒に暮らそう。仕事の都合とか、いろいろあるだろうから今すぐじゃなくていいが、考えておいてくれ。ここも俺の部屋も狭いから、もっと広いところがいいな。渉が世間体を気にするなら、この部屋を借りたままにしておいてもいい。俺のそばにいてほしいんだ」

とんとん拍子に話が進んでいくそのスピードに気持ちがついていかず、言葉が出てこない隙を衝いて、清志郎が渉の両足を割り開く。

「え、ちょ、ちょっと……、あっ」

清志郎の胸を叩く渉の手を取り、シーツに縫いつけると、清志郎は渉の体の中に入ってきた。まだ熱を帯びているそこは、清志郎の与えてくる刺激にすぐに反応する。まるでよろこんで飲み込むような動きをするのがわかって恥ずかしくなる。

渉は揺さぶられながらも、しばらくは仕方がないのかな、と諦めている部分もあった。少しすれば清志郎も落ち着くだろう。その頃合いを見計らい、不動産巡りをするのもいいかもしれない。

渉は猫を飼うのが夢だった。でも、清志郎は犬派だ。少し揉めるかもしれないが、最終的にどちらも飼ってしまう気がする。

清志郎との未来を想像するのは楽しい。十にも二十にも枝分かれしていて、どの行き先を選んでも、幸せな未来絵しか見えなかった。

六年前に別れたことも、転職したことも、再会したことも、ほかにもいろいろ、すべて必要なことだったのだろう。どれかひとつでも欠けていたら、今この瞬間は訪れていなかった。

別れさせ屋の仕事は向いていない。でも、この仕事を引き受けた渉の選択はきっと間違ってはいなかった。

渉は早朝から犬の散歩があるので、その時間に合わせて清志郎もアパートを出た。一度帰って着替えてから出社するとのことで、駅まで一緒に歩く。

いつもと同じ通勤経路なのに、隣に清志郎がいるからなのか、普段よりも朝の空気が爽やかに感じた。

「そうだ。前に教えた携帯電話の番号は会社で支給されているものなので、俺のを教えますね」

渉は今でもそらで言える番号を打ち込んで電話をかけた。ディスプレイに表示された新しい番号を、清志郎はうれしそうに見つめる。

「今日の仕事の予定は？　不規則な勤務形態なんだろう？」

清志郎は電話をポケットにしまいながら尋ねてくる。

「朝夕は犬の散歩以外の予定はないので、突発的な依頼がなければ、今日は一日中デスクワークの予定です。机の上が書類の山なんですよ」

「午後八時には終わるか？」

「九時なら確実です」

「じゃあ、九時に迎えに行くよ。今夜はうちに来い」

「え？　む、迎えはいいですよ。仕事が終わったら家に行きますから」

清志郎は少しの時間ですら離れているのが惜しいと感じているらしい。

昔付き合っていたときから清志郎は優しかったし、惜しみない愛情を注いでくれる人だったから驚きはしないのだが、職場まで迎えにくるというのは行きすぎている気がする。

「前の職場と違って会える時間は少ないんだから、お互いの予定が合うときぐらいいいじゃないか。急に仕事が入って会えないなんてことになったら連絡をくれ。そうならないことを祈っているが」

渉のアパートから駅まで徒歩で約十五分。清志郎と話しながら歩いていたらあっという間に着いてしまって残念だ。

名残惜しくて、渉は改札の前で立ち止まる。

「じゃあな。また今晩」

渉の表情から気持ちを察したのか、清志郎は渉を抱きしめ、耳元で言った。

公共の場でこんなことをする清志郎に焦ったが、早朝の駅には人がいないからできたのかもしれない。仮に人がいたとしても、忙しいサラリーマンたちは男同士のハグなど気にも留めないだろう。変に意識してしまうのは、渉たちが恋人同士だからだ。

そうだ。渉と清志郎は恋人なのだ。

あらためて思ったら急に恥ずかしくなってきて、渉は清志郎の腕の中から逃げるようにして改札の中に入った。いつまでも抱き合っていたら、離れがたくなってしまう。

清志郎は渉をずっと見送ってくれていた。ホームに向かう階段の途中で振り返ったら、清志郎がまだこちらを見ていて、目が合うとうれしそうに笑って手を上げた。

元のさやに納まって安心したのか、清志郎はやたらと甘い雰囲気をにじませてくる。以前も優しかったけれど、今はそれ以上のような気がして、うれしいやら照れくさいやら。なんだか調子が狂ってしまう。

ふわふわと宙に浮いているような心地でいたら、職場のスタッフたちに勘づかれて突っ込まれてしまいそうだ。犬の散歩をし終える間に気持ちを引き締めなくてはいけない。

渉は自分にそう言い聞かせ、清志郎に手を振り階段を駆け上がった。

ホームに設置されている鏡がたまたま目に入った。浮ついていてはいけないと叱ったばかりだというのに、ニヤニヤしている自分の顔が映って、頭を抱えて叫びたい衝動に駆られた。

渉は夕方の犬の散歩で一度職場を抜けたが、あとの時間はひたすらデスクワークの一日だった。必死に書類を片づけて、午後八時半をすぎた頃には全部終わらせることができた。

もう仕事が終わったので職場を出られそうだ、というメールを清志郎に送ってからキッチンでマグカップを洗っていたら、すぐに返信がきた。

渉の職場に向かっている、とのことだった。駅からここまでは一本道で行き違いになることはないので、渉も職場を出て駅に向かうことにした。一分でも早く清志郎に会いたい。

というような内容のメールを入力しているときに、日比野がマグカップを持ってキッチンにやってきたので、途中で手を止めて電話をポケットにしまう。

「お疲れ様です。コーヒーですか？　もうほかのスタッフたちはいないから一人用で淹れますけど、いいですか？　俺、そろそろ帰るので、準備はしておきますから、片づけはお願いしますね」

コーヒーメーカーにフィルターをセットしていたら、なぜか日比野に舌打ちされた。意味がわからず振り返ると、日比野は不機嫌そうに眉をひそめている。

「なんですか、その顔。俺、なんか変なこと言いました？　コーヒーが飲みたかったわけじゃないんですか？」

「うるせえよ。ったく朝からずっとニヤニヤした顔見せやがって。腹立つ野郎だな」

「机の上に山のようになっていた書類を今日一日で全部片したんだから、気分だって爽快ですよ。いちいち因縁つけてこないでください」

「……ふーん」

渉が言い返すと、日比野はすっと目を細めた。なにか物言いたげな目でこちらを見てくるから、渉はなにも悪いことをした自覚はないけれど、なんだか居心地が悪い。

「あの、俺、なんかしました？」

「さぁ？　なんかしちゃったんじゃねえの？　俺は知らんけど」

「意味ありげな態度はやめてくださいよ。言いたいことがあるならはっきり言ってください」

「別に言いたかねえけどよ。でもまぁ、虫刺されの痕が気になってな。涼しくなってきて、虫に刺される回数もだいぶ減ったはずなんだけど」

「虫刺され？」

渉はとくに痛みやかゆみを感じていなかったので、日比野にそんなふうに言われて首を傾げた。とぼけていると思われたのか、日比野は長いため息をつく。

なんで虫刺されごときでそんな責めるような目で見られるのだろう。それはただの冗談で、本当は取り返しのつかないほどの失敗をしたとしか思えなくて、渉は変な汗が出てきた。

「お前の周りにはまだ虫がたくさんいるみてえだな。どんだけでっかい虫に吸いつかれたんだ？　激しい虫だこと」

日比野が手を伸ばし、すっと渉の首筋をなぞる。

「えっ？」

渉はとっさに首を押さえた。ようやく日比野の言っている意味がわかって顔から火が出そうだ。

出勤前にシャワーを浴びたとき、浴室でも清志郎がちょっかいをかけてきたので、落ち着いて体を洗っていられなかった。朝、ろくに鏡を見なかったせいか、ちょっとした変化に気づけなかったのかもしれない。

いや、「かもしれない」ではなくて、日比野の呆れた視線や態度を見れば、確実にキスマークがついているのだろう。襟ぐりの広いシャツを着ていたこともあって、つまり、渉は清志郎のつけた情事の名残を一日中晒していたことになる。

「いえ、こ、これは……違うんです」

渉はしどろもどろになりながらも弁解するが、真っ赤な顔で弁解したところで説得力はこれっぽっちもない。

昨晩、訪ねてきた清志郎を応接室に通したのは日比野だった。渉にたいしてかなり白けた態度なのは、キスマークをつけた相手が清志郎だと察しているとしか思えない。

よくよく考えてみたら、昨日の段階で日比野は素っ気なかった気がする。清志郎は事務所にきた時点で日比野に復縁工作の依頼であることを伝えた上で、渉を指名したのだろう。しかも渉は日比野に、清志郎と付き合っていた過去を打ち明けている。ぴんとこないはずがないのだ。

「あぁ？　てめえ、神聖なる俺様の職場でやったりしてねえだろうな」

「な、なに言ってるんですかっ！　そんなことしませんよ！　ちゃんとうちに帰って……あっ」

つい滑らせてしまった口を、渉は慌てて手でふさいだが、遅かった。日比野の表情がさらに険しくなっていく。

「ち、違いますから……！」

「さっきから違う違うって、なにが違うんだよ」

「いえ、だから……」

弁解のしようがなくて、渉は小さくなる。

「…ふーん。高比良のアパートで、ねぇ。あの安普請（やすぶしん）で。……へぇ。……ほぅ。お隣さんに壁ドンされませんでしたか？　目の下のクマがひどいってことは、つまり、そういうことなんですね。お盛んだったたってことですね。若いっていいですねぇ」

「な、なんで敬語なんですかっ！　からかわないでくださいよ！　日比野さんだって女をとっかえひっかえやりまくってるくせに。なんで俺がやったからってそんな目で見られなきゃいけないんですかっ！」

恥ずかしさがピークを越えてまなじりに涙が浮かんできた渉を見て、さすがに憐れに思ったのか。日比野はぽんと渉の肩を叩いた。

「悪かった」

「……え？」

「嘘だよ」

日比野はわざとらしいまでの盛大なため息を漏らす。

「嘘っ？」

「赤い痕なんかひとっつもねえよ、タコ。こんな簡単な誘導にあっさり引っかかってんじゃねえぞ。あーあ。お前の生々しい情事なんか知りたくなかったわー」

「な、な……、お、俺だって、知られたくなかったですよっ！　だ、だったら、な、なんで、そんな鎌かけるような真似するんですかっ」

日比野のあまりの物言いに腹が立った渉は、うろたえながらも強い口調で言葉を返す。

「今日のお前は朝から浮かれまくってたからな。ニヤニヤニヤニヤニヤニヤニヤ気持ち悪い。女のスタッフたちに、高比良君ってぜったい彼女できたよね、って噂されてるのも気づいてねえだろ」

スパン、と頭を叩かれる。本気を出しているわけではないので痛くはないけれど、一方的にやり込められては腹の虫が収まらない。

「日比野さんが大好きな美人を奪ったわけじゃないんだから、別にいいじゃないですか」

日比野は渉がつらい思いをしながら仕事をしていたのを知っているから、気を回して、清志郎の仕事を事前に断っていた可能性も充分に考えられる。だが日比野は目の前で切り捨てず、おそらく清志郎から事情を聞いて取り計らってくれたのだろう。ひとまず昨晩のお礼はきちんと伝えておくべきだ。

「そりゃ……、昨日は、清志郎との間を取り次いでくれてありがたいとは思ってますけど。最近迷惑をかけっぱなしだったし。ホントすみませんでした」

いままでの日比野の態度を見ていたら、男同士の恋愛というものを、否定はしないが理解もできないといった雰囲気だった。無関心でいてくれるのはありがたいが、近い人に男同士でセックスをしているということを知られるのは決まりが悪い。

「それじゃあ、俺はそろそろ帰りますので」

「俺も今日は帰ろうかね。高比良、飯食いに行くぞ」

日比野はいつもの調子で誘ってくれた。渉が同性と付き合っていると知っても同じ態度でいてくれるのはうれしかった。時々は首をひねってしまうような態度のときもあるけれど、やはり日比野はいい人だ。

「ありがとうございます。でも、俺、今晩はちょっと用事があって……」

「あぁ？　昨日の今日でまたデートか？　焼けぼっくいに火がついちゃうのって、どんな感じ？　さぞかし燃えんだろうな。で、明日の朝は、目の下に今日以上のクマ、と」

「日比野さん、もういい加減にしてくださいよ。そういうの、セクハラですからね。ホント……お願いしますよ」

日比野は普段どおりの態度だ。ただ、昨日と今日で急激に世界が変わった渉のほうが、敏感になっているだけで。渉に恋人ができたから、おもしろおかしくからかっているだけなのだろうけれど、渉にしてみたら、いじられ続けるのはたまったものではない。

戸締まりをして、二人で事務所を出た。ビルの前には清志郎がいなかったので、二人で駅方向に向かって歩く。その途中で、日比野が独り言のようにぽつりとつぶやいた。

「あーあ。俺も恋してえなぁ。若いのがうらやましいなぁ。そろそろひとりじゃ寂しいお年頃ですよ」

日比野のことだから冗談なのだろうけれど、妙にしんみりとした言い方をしたから、なんとなく引っかかりを覚えた。

「日比野さんて、恋人はいないんですか？　ここで働くようになってから、俺、日比野さんの彼女の話って聞いたことないんですけど」

「なんで俺のプライベートをお前に話さなくちゃならねえんだよ」

「人のプライベートには泥だらけの靴でずかずか入り込んでくるくせに」

渉は唇をとがらせた。

言い合いながら歩いていると、少し先に男性の姿を見つけた。遠くからでも、そのシルエットで清志郎とわかる。朝まで一緒にいたというのに、渉の胸はきゅんとして、そわそわと落ち着かない気持ちになってくる。

隣の日比野が少し気になったものの、清志郎の顔がはっきりと見える距離まで近づいてきた頃には、渉の頭の中からその存在はすっかり消えていた。

日比野の前に出て、清志郎に駆け寄る。

「お疲れ様です。今事務所を出れば落ち合えるかなって思ったので、会社を出てきたんです。行き違いにならなくてよかった」

清志郎のたくましい体に抱きつきたい衝動を抑え込むのに必死だ。そんな渉の気持ちを知ってか、清志郎は苦笑いの表情をした。

「ちょうどいい。所長に話がある」

「日比野さんに？」

清志郎は渉の背中に手を添えて、少し遅れてやってきた日比野と対峙する。

「昨日はどうもありがとうございました。彼のおかげで復縁工作も無事に成功しました」

「そりゃよかった」

白々しい、と日比野は小声で吐き捨てる。

「それで、お願いがあるんです」

「お願い？」

日比野は眉をひそめて清志郎を見やる。清志郎も日比野も好戦的な態度ではないものの、間にいる渉は張り詰めた空気をひしひしと感じる。

「そうです。今後渉には別れさせ屋の仕事はさせないでもらいたい」

「え？　ちょっと、清志郎。そういうのはやめてください」

「なぜだ？　恋人が、ほかの奴に愛嬌を振りまくって気を引く姿を想像してみろ。仕事だからといって、渉は我慢できるのか？　お前はできたとしても、俺はできない。考えただけで腹が立ってくる」

「はぁ？　人んちの仕事に口出ししないでもらいたいね。高比良だって子供じゃないんだから、仕事は仕事としてやってもらわないと、こっちも困るんだよ」

日比野は面倒くさそうな顔で言った。最初から渉にはこの仕事は向いていないと言っていたぐらいなのだから、それを清志郎にも伝えればいい話なのに、わざと煽るような言い方をしているあたり、この状況を楽しんでいるとしか思えない。実際に、日比野の口角は持ち上がっている。

「受け入れてもらえないなら、こちらにも考えがある。渉をうちの会社に、よりいい条件で引き抜く。渉と何年も仕事をしているなら、渉の能力は充分にわかっているはずだ。惜しい人材だと思うなら、ぜひ考慮していただきたい」

「清志郎。俺の意志を無視して話を進めないでくださいよ」

「渉は別れさせ屋の仕事を率先してしたい、ということなんだな」

「違いますよっ！　うちにはうちのやり方があって、ほかの会社の清志郎が口を突っ込んでいい話ではないでしょう、と言っているんです」

「なるほど。俺には関係がない、と」

見る間に清志郎の顔つきが強張っていくのを見て、渉は内心で焦り始めていた。

以前付き合っていたときにはお互いの仕事に口を挟むことはなかったのだが、清志郎もさすがに別れさせ屋は受け入れがたいらしい。渉もこの手の仕事は得意ではないと身をもって体験したので、積極的にやりたいとは思わないけれど、それを清志郎から言われるのはおかしな話だ。

「清志郎の気持ちはわかりますよ。でも、それは俺から日比野さんに相談することであって、清志郎から言うこととじゃありません」

「じゃあきちんと自分で交渉するということだな。できるのか？」

「できますよ。俺をなんだと思ってるんですか？」

「あのさぁ……」

言い争いを始めた渉と清志郎に、日比野は呆れた声で割って入ってくる。

「君たちさ、目の前でイチャイチャするのやめてくれない？」

「イ、イチャイチャなんかしてませんよ！　どこをどう見たらそう思えるんですか！」

「自覚ねえのかよ。性質（タチ）悪いなぁ……、やだやだ。もういいわ、行けよ。別れさせ屋の件も、わかったよ。これでいいんだろ、橘さんよ」

日比野は心底面倒くさいという表情で、手の甲を渉に向けて追い払う仕草をした。

清志郎は満足そうにうなずき、渉の腰を抱いて今きた道を引き返していく。渉はあわあわしながらも、日比野に「お疲れ様です」と頭を下げ、清志郎についていく。
二、三歩歩いたところでシャツを引っ張られ、渉は後ろによろけた。
「お前の彼氏、独占欲の塊（かたまり）で恐ろしいな。まぁ、がんばれよ」

日比野は渉の肩を抱き寄せ耳元でささやき、尻を強く叩いた。声にはからかいが含まれていて、最後の最後で清志郎を煽る。

「あ、あの、日比野さんていつもあんなふうに人を食ったような感じなので、気にしてたらキリがないですよ？　それに心配もしないでくださいよ」

日比野から少し離れてからフォローを入れてみたものの、清志郎の気持ちは治まらないようで、唇を硬く引き結んだままだ。

「今回はたまたま人手が足りなくて俺が引き受けただけで、別れさせ屋の仕事をしたのは初めてだったんです。清志郎が言わなくても、日比野さんはもともと、俺にこの先、この手の仕事は回してくるつもりはなかったんですよ」

涉から事実を聞いた清志郎は、勇み足だった自分を少し恥じている様子を見せた。

清志郎らしくない行動には涉も驚かされたが、日比野の言葉どおり独占欲からきたものだと思ったら、途端に愛しく感じてしまうのは惚れた弱みなのかもしれない。

「別れさせ工作期間中は相手を本気で好きになれ、っていうのが日比野さんからのアドバイスだったんですけど、やっぱり俺には無理です。だって俺には清志郎以上に好きになれる人はいませんから」

照れくさかったが、涉は自分の思いを言葉にした。感じたことはきちんと清志郎に伝えていきたい。

「家に帰るまでの時間すら惜しいな」

街灯の光の下で清志郎がはにかむ。これまでにも素の顔をたくさん見せてくれたけれど、きっと涉しか知らないのだろう。そう思ったら、清志郎への愛情がより一層深まっていく気がした。

ほほ笑み返した涉の手を、清志郎がすっと取る。

「清志郎？　外で手をつないでたら怪しまれてしまいますよ」

「じゃあ、十秒だけ。本当は抱きしめてキスをしたいのを我慢しているんだ」

「それはもっと困ります。……じゃあ、ちょっとだけですよ」

涉だって本当は、ちょっとと言わず、できればずっと手を取り合って生きていきたい。涉がそう思ったタイミングで、清志郎が言った。

「こんなふうに、同じ速さでずっと一緒に生きていこう」

返事をしようと思って息を大きく吸い込んだら、胸がいっぱいになって言葉が出てこない。だから渉は今の気持ちを伝えるために、清志郎の手を強く握り返した。

あとがき

はじめまして。こんにちは。石原ひな子と申します。

『別れさせ屋の純情』をお手に取ってくださいましてどうもありがとうございます。

別れさせ屋のお話を作るにあたって、まず受けと攻め、どちらを別れさせ屋にするか、というところから始まり、工作を仕掛ける相手と恋に落ちるのか、または依頼者か、それとも別の人か、と様々なパターンを考えました。そこに私の萌えである再会モノ設定を組み合わせてみたら、渉と清志郎が誕生しました。

渉と渉が仕掛けた相手とが恋に落ちる設定なら、別れさせ屋の工作活動に重点を置いた展開になったのかもしれませんが、恋に落ちる相手がターゲットではなかったこともあり、渉の仕事の部分はさらっとしています。

子持ちBLだったりアイドルだったり、萌えは多々ありますが、萌えの原点である再会モノについて語り始めるとあとがきページが何枚あっても足りませんので割愛します。

主人公二人については本編をお楽しみください、ということで、脇役二人について少々触れたいと思います。

まず義弥です。彼のような華やかで、品があって、おおらかで、優雅で、御曹司で、色男で、という人生において何不自由のないキラキラした王子様キャラが大好きです。深く掘り下げればドラマはあるかもしれませんが、表面だけをなぞって愛でるのがいいのです。

そして日比野ですが、いい感じのゆるキャラになりました。脇役なので好きなようにいじり倒せたので、書いていてとても楽しかったです。キャララフをいただいたとき、人を食ったような日比野を見て、思わずひざを打ってしまいました。日比野の登場シーンはあとから少し増えています。

お忙しい中、素敵なイラストを描いてくださいました青井秋（あおいあき）先生。本当にどうもありがとうございます。いただいたキャララフ等、全部宝物です！　いろいろとご迷惑をおかけして申し訳ありませんでした。

そしてお声をかけてくださいました担当様、どうもありがとうございました。

萌え話をしていると、新たな発見があり、とても勉強になります。担当様にもご迷惑をおかけしっぱなしで申し訳ない思いでいっぱいですが、こうして無事に発行の運びとなり、ほっとしております。本当にありがとうございます。

そして本を読んでくださった皆様、重ねてになりますがどうもありがとうございました。またお会いできたらうれしいです。

平成二十四年夏　石原ひな子

この本を読んでのご意見・ご感想をお寄せ下さい。

〒151-0051
東京都渋谷区千駄ヶ谷4-9-7
(株)幻冬舎コミックス　小説リンクス編集部
「石原ひな子先生」係／「青井 秋先生」係

リンクス ロマンス

別れさせ屋の純情

2012年8月31日　第1刷発行

著者……………石原ひな子
発行人…………伊藤嘉彦
発行元…………株式会社　幻冬舎コミックス
〒151-0051　東京都渋谷区千駄ヶ谷4-9-7
TEL 03-5411-6434（編集）
発売元…………株式会社　幻冬舎
〒151-0051　東京都渋谷区千駄ヶ谷4-9-7
TEL 03-5411-6222（営業）
振替00120-8-767643
印刷・製本所…共同印刷株式会社
検印廃止

ISBN978-4-344-82586-4 C0293
Printed in Japan

幻冬舎コミックスホームページ　http://www.gentosha-comics.net